Junior Certificate Spanish

PRIMER PASO 1

Ann Harrow

Folens

Editor
Sinéad Lawton

Design and Cover
Karen Hoey

Illustrations
Olivia Golden and Bronagh O'Hanlon

© 2006 Ann Harrow

ISBN-13: 978-1-84131-016-9

ISBN-10: 1-84131-016-9

Folens Publishers, Hibernian Industrial Estate, Greenhills Road, Tallaght, Dublin 24.

All rights reserved. No part of this publication may be reproduced or transmitted in any form or by any means, electronic, mechanical, photocopying, recording or otherwise, without prior written permission from the Publisher.

The Publisher reserves the right to change, without notice, at any time, the specification of this product, whether by change of materials, colours, bindings, format, text revision or any other characteristic.

Contents

	CD Contents	iv
	Preface	v
	Acknowledgements	vi
Unidad uno	¡Hola! ¿Qué tal?	1
Unidad dos	¿Cómo estás?	12
Unidad tres	¿Cuántos años tienes?	20
Unidad cuatro	¿Qué es esto?	31
Unidad cinco	La familia	41
Unidad seis	¿Cómo es?	55
Unidad siete	¿Hablas español?	67
Unidad ocho	¿Qué día es hoy?	81
Unidad nueve	Tu casa	92
Unidad diez	¿Qué hora es?	106
Unidad once	La ropa	120
Unidad doce	¿De dónde eres?	139
Unidad trece	¿Qué pasatiempos tienes?	150
	Glosario	161
	Los verbos	169

CD Contents

CD 1

1. Track 1.01
2. Track 1.02
3. Track 1.03
4. Track 1.04
5. Track 1.05
6. Track 1.06
7. Track 1.07
8. Track 1.08
9. Track 1.09
10. Track 1.10
11. Track 1.11

12. Track 2.01
13. Track 2.02
14. Track 2.03

15. Track 3.01
16. Track 3.02
17. Track 3.03
18. Track 3.04
19. Track 3.05
20. Track 3.06
21. Track 3.07
22. Track 3.08
23. Track 3.09
24. Track 3.10

25. Track 4.01
26. Track 4.02
27. Track 4.03

28. Track 5.01
29. Track 5.02
30. Track 5.03
31. Track 5.04
32. Track 5.05
33. Track 5.06
34. Track 5.07
35. Track 5.08
36. Track 5.09

37. Track 6.01
38. Track 6.02
39. Track 6.03
40. Track 6.04
41. Track 6.05
42. Track 6.06
43. Track 6.07
44. Track 6.08

45. Track 7.01
46. Track 7.02
47. Track 7.03
48. Track 7.04
49. Track 7.05
50. Track 7.06
51. Track 7.07
52. Track 7.08
53. Track 7.09
54. Track 7.10

55. Track 8.01
56. Track 8.02
57. Track 8.03
58. Track 8.04
59. Track 8.05
60. Track 8.06
61. Track 8.07
62. Track 8.08

63. Track 9.01
64. Track 9.02
65. Track 9.03
66. Track 9.04
67. Track 9.05
68. Track 9.06
69. Track 9.07
70. Track 9.08

71. Track 10.01
72. Track 10.02
73. Track 10.03
74. Track 10.04
75. Track 10.05
76. Track 10.06
77. Track 10.07
78. Track 10.08

CD 2

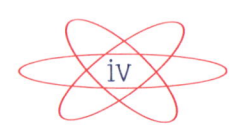

1. Track 11.01
2. Track 11.02
3. Track 11.03
4. Track 11.04
5. Track 11.05
6. Track 11.06
7. Track 11.07
8. Track 11.08
9. Track 11.09

10. Track 12.01
11. Track 12.02
12. Track 12.03
13. Track 12.04
14. Track 12.05
15. Track 12.06
16. Track 12.07
17. Track 12.08
18. Track 12.09
19. Track 12.10
20. Track 12.11

21. Track 13.01
22. Track 13.02
23. Track 13.03
24. Track 13.04
25. Track 13.05
26. Track 13.06
27. Track 13.07
28. Track 13.08

Preface

PRIMER PASO means 'first step' and this book is aimed at students who are taking their first steps on an exciting and hopefully lifelong journey learning Spanish. **PRIMER PASO 1** is suitable for all Junior Certificate students, both higher and ordinary levels, for first year and up to Christmas in second year. Book 2 will complete the Junior Certificate course.

Each unit covers a different topic such as *La familia, Tu casa* and *Los pasatiempos* and contains a variety of relevant exercises to help the student master the different aspects of learning a language: listening, writing, speaking and reading. The following symbols denote the various exercises:

Written exercise

Listening exercise: The track number writen on the CD symbol is made up of the unit number followed by a number showing where the track comes within the unit. For example, the symbol shown here indicates the first track in Unit 1.

Oral exercise

Each unit also includes a comprehensive vocabulary relevant to the topic.

An integral part of learning a language is understanding how the grammar of that language works, therefore grammar points are introduced as necessary and explained in an easy-to-understand manner. There are plenty of homework exercises to consolidate the work done in class (many exercises are similar to those on the Junior Certificate Spanish paper).

At the end of each unit, there is a quiz on Spain and other Spanish-speaking countries which will encourage students to take an interest in Spanish and Hispanic culture.

Two final sections cover regular and irregular verbs and everyday vocabulary. Full of photos, illustrations, crosswords and other fill-in exercises, **PRIMER PASO 1** aims to give students a learning environment which is both interesting and stimulating.

Ann Harrow, 2006

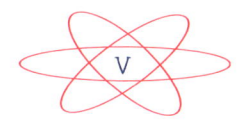

Acknowledgements

I would like to thank my colleagues in St. Michael's College for their support and encouragement. In particular, I would like to thank Jackie Nelson, Sheila Murray and Gabrielle Coffey for their advice and patience, and also for their help with proofreading. I would also like to thank my own family for their patience and encouragement. A special thanks to my daughter Jenny whose photos of Spain are part of the cover.

Ann Harrow

The author and publisher would like to thank the following for permission to reproduce photographs: Alamy Images; Corbis.

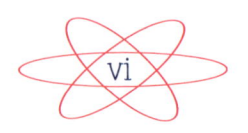

Unidad uno: ¡Hola! ¿Qué tal?

En esta unidad vas a aprender... In this unit you are going to learn...

* How to greet a Spanish-speaking person.
* How to say goodbye to a Spanish-speaking person.
* How to ask someone how he or she is.
* How to introduce yourself.
* The alphabet in Spanish.

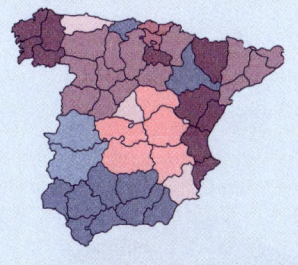

España

At present, Spanish is the second most widely spoken language per native speaker in the world. Spanish is spoken in 23 countries by 400 million people and is the official language in 22 countries.

Look at the map below to see where Spanish is spoken.

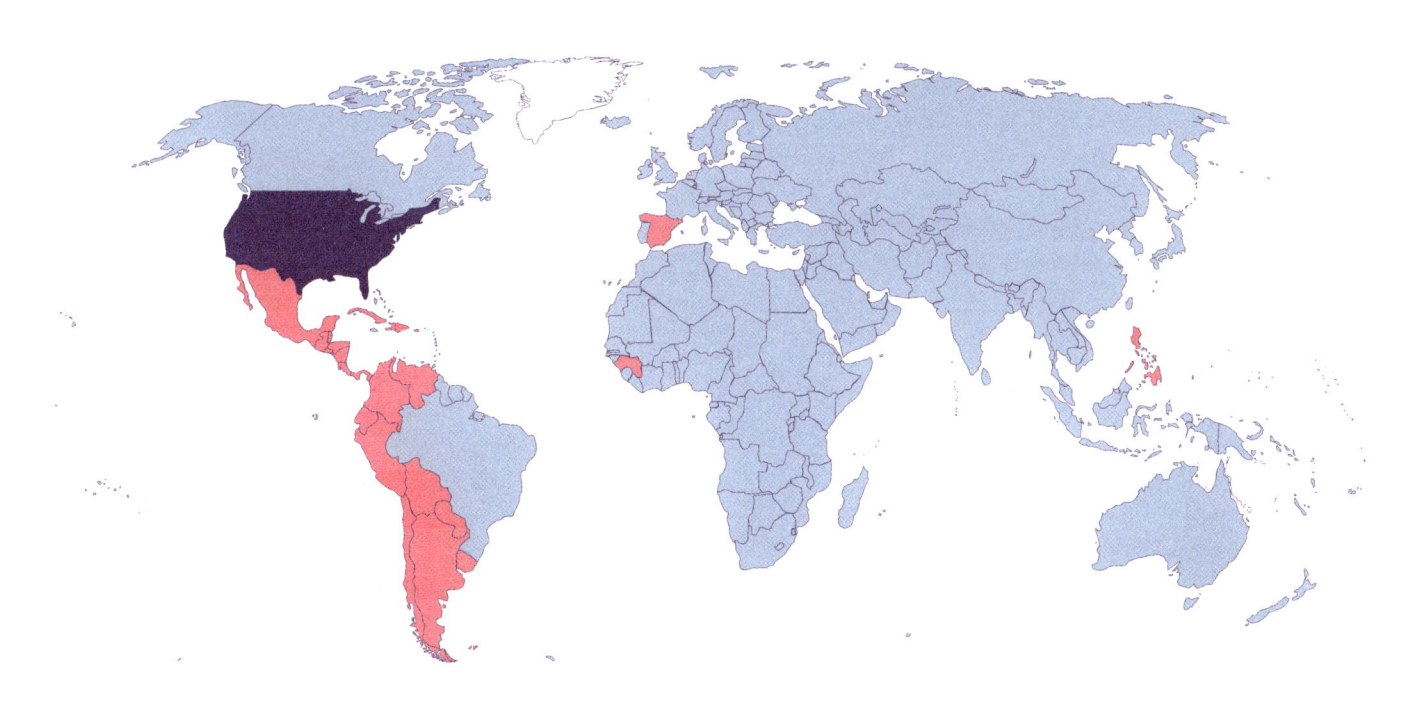

- Spanish-speaking countries, where Spanish is the official language
- The U.S., where Spanish is spoken by over 20 million people

uno 1

PRIMER PASO

You probably already know lots of words in Spanish, perhaps from songs like '**La vida loca**' ('Crazy Life') by Ricky Martin or the phrase '**hasta la vista**' (see you) from the Arnold Schwarzenegger film *Terminator*.

In the box provided, write down any Spanish words you know and then share them with your classmates.

Ricky Martin

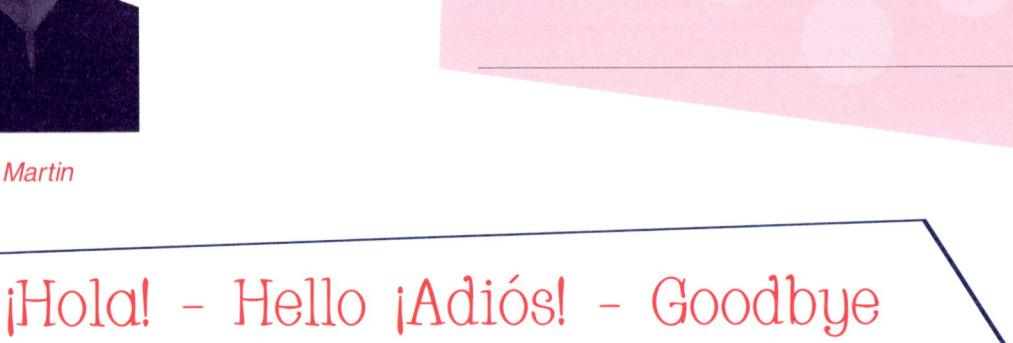

¡Hola! – Hello ¡Adiós! – Goodbye

One of the first things you need to know is how to say hello in Spanish – **español**, **castellano**. There are as many ways in Spanish as there are in English. However, we will start with the easiest.

¡Hola! – Hello   Hola, profesor/profesora – Hello, teacher

Escucha el CD - Listen to the CD

Hola, señor Smith.

Hola, señora/señorita Kelly.

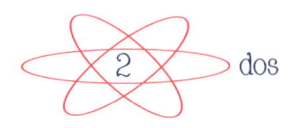

2 dos

Unidad uno

Di hola a tu profesor/a. Say hello to your teacher.
Di hola a tu compañero/a. Now say hello to the boy or girl beside you.

Here are some other ways to greet people in Spanish.

buenos días

buenas tardes

buenas noches

vocabulario

buenos días	hello/good day
buenas tardes	good afternoon / good evening
buenas noches	good night

You will also need to say goodbye, below are some ways of saying goodbye.

adiós – goodbye   hasta luego – see you later   hasta la vista – goodbye/see you

Escucha el CD – Listen to the CD

buenos días    *adiós*    *buenas tardes*

tres 3

PRIMER PASO

hasta luego  *buenas noches*  *hasta la vista*

Ejercicios - Exercises

1. Escribe un saludo adecuado debajo de cada dibujo. Write a suitable greeting underneath each of the pictures.

   (a)  _____ (b)  _____ (c) _____

   (d)  _____ (e)  _____ (f) _____

2. ¿Cómo se dice en español? How do you say the following in Spanish?

    (a) Good morning Pedro. _____
    (b) Goodbye Miss López. _____
    (c) Good afternoon Mrs. Lorca. _____
    (d) Hello Pilar. _____
    (e) See you Jaime. _____
    (f) Good night Raúl. _____
    (g) Good evening Mr. García. _____
    (h) Goodbye Juan. _____

Unidad uno

1.03 Escucha el CD - Listen to the CD

Write down in English the greeting each person is saying.

(a) _____
(b) _____
(c) _____
(d) _____
(e) _____
(f) _____

¿Qué tal? - How are you?

1.04 Escucha el CD - Listen to the CD

Diálogos

¿Qué tal Antonia?

Bien, gracias ¿y tú?

¿Qué tal José?

Mal, ¿y tú?

Nota: In Spanish, you must always put an upside down question mark before a question.

vocabulario

bien	well/o.k.
gracias	thank you
regular	so so
mal	bad
estupendo	wonderful
fantástico	fantastic
fatal	terrible

cinco 5

PRIMER PASO

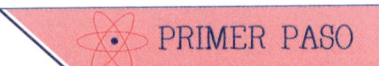

Ejercicio - Exercise

Utilizando los diálogos en la página 5 como modelo, haz tres diálogos más. Escríbelos en tu cuaderno. Using the dialogues on page 5 as models, make up three more dialogues. Write these out in your copybook.

1.05 Escucha el CD - Listen to the CD

Listen to the CD and write down in English how each person is feeling.

(a) _____
(b) _____
(c) _____
(d) _____
(e) _____

¿Cómo te llamas? What is your name?

Me llamo Pilar. - My name is Pilar.

1.06 Escucha el CD - Listen to the CD

¿Cómo te llamas?

Me llamo Juan, ¿y tú?

Practica con tu compañero/a. Practise asking your partner his or her name.

1.07 Escucha el CD - Listen to the CD

Carlos: ¿Qué tal?
Ana: Bien, ¿y tú?
Carlos: Fantástico, gracias. ¿Cómo te llamas?
Ana: Me llamo Ana, ¿y tú?
Carlos: Me llamo Carlos.

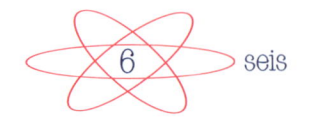

Unidad uno

Ejercicio - Exercise

Escribe, en tu cuaderno, dos diálogos como el diálogo en la página 6 y practica con tu compañero/a. Write two dialogues based on the model on page 6 in your copybook and practise them with your partner.

1.08 Escucha el CD - Listen to the CD

Listen to the CD and write down in English each person's name and how he or she is feeling.

	Name	**Feeling**
(a)	_____	_____
(b)	_____	_____
(c)	_____	_____
(d)	_____	_____

El abecedario - The alphabet

1.09

A (a)	B (be)	C (ce)	CH (che)	D (de)
E (e)	F (efe)	G (ge)	H (hache)	I (i)
J (jota)	K (ka)	L (ele)	LL (elle)	M (eme)
N (ene)	Ñ (eñe)	O (o)	P (pe)	Q (cu)
R (erre)	S (ese)	T (te)	U (u)	V (uve)
W (uve doble)	X (equis)	Y (i griega)	Z (zeta)	

siete 7

PRIMER PASO

¿Cómo se escribe tu nombre? How do you spell your name?

1.90 Escucha el CD - Listen to the CD

* ¿Cómo se escribe tu nombre? Se escribe E-L-E-N-A.
* ¿Cómo se escribe tu nombre? Se escribe M-A-R-I-O.
* ¿Cómo se escribe tu nombre? Se escribe A-L-O-N-S-O.
* ¿Cómo se escribe tu nombre? Se escribe J-U-A-N-A.

Nota: When a Spanish name ends in **–o**, it is a boy's name. When it ends in **–a**, it is a girl's name.

Practica con tu compañero/a cómo se escribe tu nombre y tu apellido en español.
With your partner, practise spelling your name in Spanish, both your '**nombre**' – first name – and your '**apellido**' – surname.

1.91 Escucha el CD - Listen to the CD

Fill in the missing letters to complete the Spanish names as spelt on the CD.

(a) __o__a

(b) C__r____s

(c) ____rn____d__

(d) E____i__u__

(e) ____an__

(f) M____ue__

(g) __ le____

(h) __a____o

(i) __il____

Deberes - Homework

1. Haz un diálogo entre Paula y Ana. Incluye todas las preguntas que has aprendido. Escríbelo en tu cuaderno.
   Make up a conversation between Paula and Ana. Include all the questions that you have learned. Write it out in your copybook.

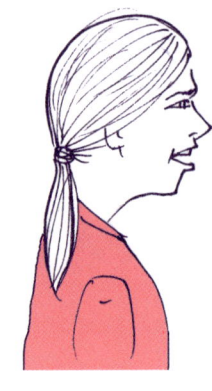

ocho

2. Relaciona las expresiones inglesas y españolas. Match up these English and Spanish expressions.

1. Buenos días	a. How do you spell?
2. Me llamo…	b. Thank you
3. ¿Qué tal?	c. And you?
4. ¿Cómo te llamas?	d. How are you?
5. Gracias	e. Good night
6. ¿Y tú?	f. Good afternoon
7. Escucha el CD	g. What is your name?
8. Buenas tardes	h. Listen to the CD
9. ¿Cómo se escribe?	i. My name is
10. Buenas noches	j. Good day

1.	
2.	
3.	
4.	
5.	
6.	
7.	
8.	
9.	
10.	

3. ¿Cómo se dice en español? How do you say the following in Spanish?

   (a) My name is…

   _____

   (b) What is your name?

   _____

   (c) How are you?

   _____

   (d) Good, thank you, and you?

   _____

   (e) Bad, and you?

   _____

   (f) How do you spell your name?

   _____

PRIMER PASO

Contesta, en español, a las preguntas siguientes. Answer the following questions in Spanish.

* ¿Qué tal?
* ¿Cómo te llamas?
* ¿Cómo se escribe tu nombre?

Crucigrama - Crossword

Completa el crucigrama con las pistas de abajo. Complete the crossword by answering the clues given.

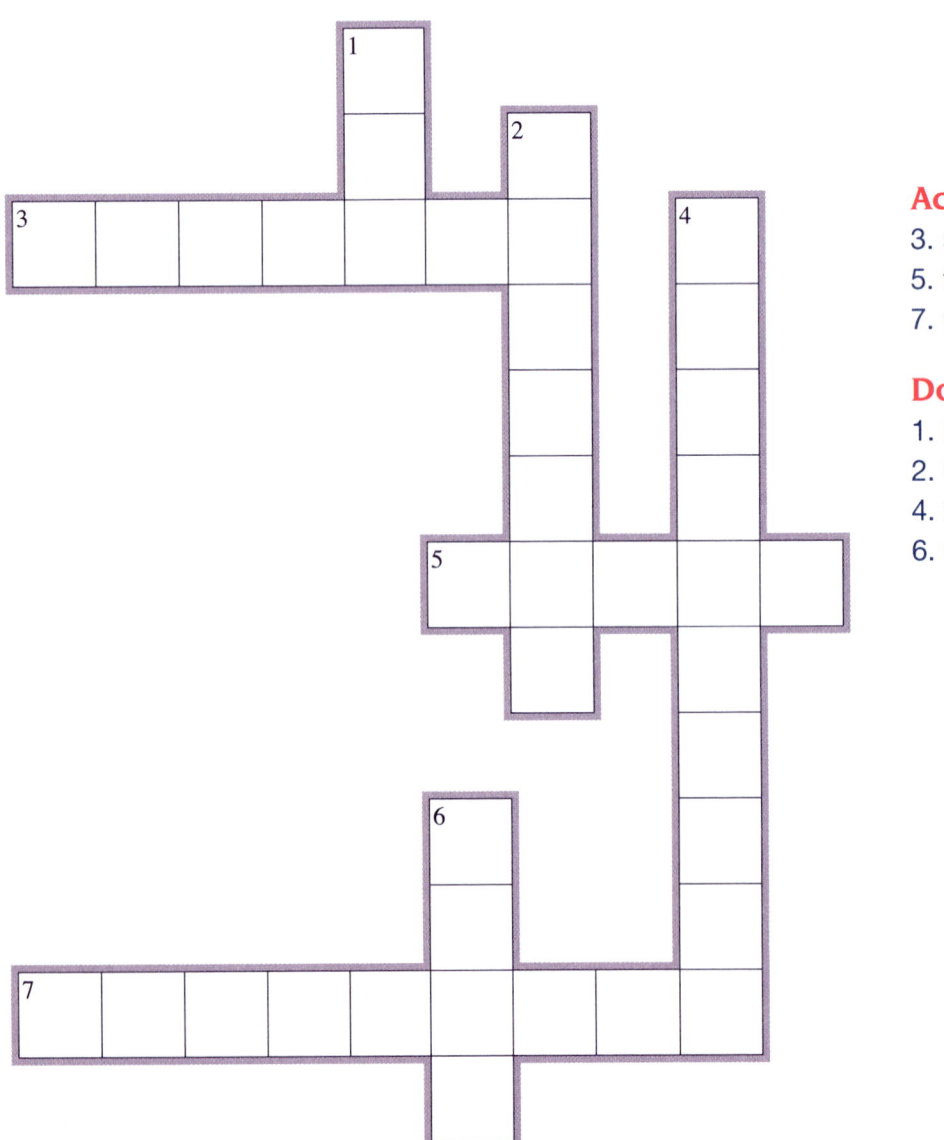

Across
3. so so
5. terrible
7. wonderful

Down
1. bad
2. thank you
4. fantastic
6. well

diez

Te toca a ti... It's your turn...

¿Qué sabes sobre España y el mundo hispánico? What do you know about Spain and the Hispanic world?

1. What is the capital city of Spain? _____

2. Who is the king of Spain? _____

3. Apart from Spain, in how many other countries is Spanish the official language?
   _____

4. What is '**Aduana**'?
   _____

5. What is '**El Prado**'?
   _____

6. Name two Spanish rivers.
   _____

7. What are the mountains between France and Spain called?
   _____

8. What is the capital city of Argentina?
   _____

9. When is '**Semana Santa**' celebrated?
   _____

10. What is '**El Corte Inglés**'?
    _____

Unidad dos: ¿Cómo estás?

En esta unidad vas a aprender...

* The personal pronouns in Spanish.
* Another way to ask someone how he/she is, using the verb **estar**.
* How to make a verb negative in Spanish.
* Some adjectives.

México

The most exciting thing about learning a language is speaking it. Try to use Spanish every time you can when you meet a Spanish person here in Ireland or if you go on holidays to Spain.
To speak a language well, it is important to learn grammar.

Personal pronouns

Yo	I
Tú	You
Él	He
Ella	She
Nosotros	We (masculine)
Nosotras	We (feminine)
Vosotros	You (masculine)
Vosotras	You (feminine)
Ellos	They (masculine)
Ellas	They (feminine)

1. There are two ways to say 'we' and 'they':
   * When it ends in **–os**, it is used for a group of males, or a mixed group.
   * When it ends in **–as**, it is used for a group of females.

2. There are also two words for 'you' – **tú** and **vosotros/as**:
   * **Tú** is used when speaking to one person.
   * **Vosotros/as** is used when speaking to more than one person.

doce

Unidad dos

Ejercicio

Debajo de cada dibujo escribe el pronombre adecuado. Under each picture below, write in the pronoun that should be used.

They

We

You

(a) _____   (b) _____   (c) _____

We

You

They

(d) _____   (e) _____   (f) _____

Verbs

In Spanish, as in English, there are regular and irregular verbs.
* Regular verbs are verbs which follow a rule and are all conjugated (formed) in the same way.
* Irregular verbs do not follow the rules and, therefore, are all different. Each irregular verb must be carefully learned.

The first verb you are going to learn is an irregular verb.

estar - to be

yo	**estoy**	I am
tú	**estás**	you are
él/ella	**está**	he/she is
nosotros/as	**estamos**	we are
vosotros/as	**estáis**	you are
ellos/ellas	**están**	they are

1. Estar tells you *how* someone is. It is used for feelings and **temporary** qualities.
2. You do not always have to use personal pronouns (I, you etc.) in Spanish. When they are not used, it is the **end** of the verb which will tell you who is doing the action. It is therefore very important to learn the endings properly. Even with irregular verbs, it is usually the root (start) of the word that changes, so the rules you will learn about the endings generally apply.

trece 13

PRIMER PASO

Ejercicio

Escribe la forma correcta de estar. Put in the correct form of '**estar**'.

(a) Nosotros _____
(b) Yo _____
(c) Ellos _____
(d) Vosotras _____
(e) ¿Tú _____ ?
(f) Ellas _____
(g) Juan _____
(h) Ana _____

Nota: When you use a boy's or a girl's name, you use the 'he' and 'she' part of the verb.

Some adjectives

You can also use '**estar**' with the following adjectives:
* Juan está cansado – Juan is tired.
* Lola está enfadada – Lola is angry.
* Antonio está enfermo – Antonio is sick.
* El señor Moreno está contento – Mr. Moreno is happy.

vocabulario

cansado/a	tired
contento/a	happy
enfermo/a	sick
enfadado/a	angry

Nota:
- Mr. is translated as **El señor** when you are not talking directly to him.
- For adjectives, you use **–o** for a boy and **–a** for a girl.

está cansada  *está contento*  *está enfadada*  *está enfermo*

14 catorce

Unidad dos

2.01 Escucha los diálogos. Listen to the conversations.

Hola, Pepe, ¿cómo estás?

Bien, gracias, ¿y tú?

Estupendo.

Hola, María, ¿estás bien?

No, no estoy bien.

Hola Isabel, ¿estás bien?

No, no estoy bien. Estoy enfadada.

Hola Juan, ¿cómo estás?

Estoy mal. Estoy enfermo.

Ejercicio

Haz dos diálogos más como los de arriba, y recuerda que puedes utilizar las palabras de la página 5. Escribe los diálogos en tu cuaderno. Make up two dialogues like those above and remember you can use the words you learned on page 5. Write out the dialogues into your copybook.

quince 15

PRIMER PASO

To make a verb negative in Spanish

When you want to make a verb negative in Spanish, you simply put '**no**' before it.

- Estoy bien – I'm well.
- No estoy bien – I'm not well.
- Pablo está enfadado – Pablo is angry.
- Pablo no está enfadado – Pablo is not angry.

Ejercicio

Escribe la forma negativa de las frases siguientes. Rewrite the following sentences making the verbs negative.

(a) Estoy bien. _____

(b) Estamos mal. _____

(c) La señora López está contenta. _____

(d) Juan está enfermo. _____

(e) Pilar está enfadada. _____

(f) Me llamo Juan. _____

2.02 Escucha el CD

Estoy bien.

No estoy bien.

2.03 Escucha el CD

Listen to the CD and write down in English how each person is feeling.

(a) _____

(b) _____

(c) _____

(d) _____

(e) _____

(f) _____

(g) _____

(h) _____

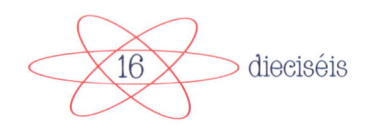

Unidad dos

Deberes

1. Escribe en los espacios en blanco la forma correcta del verbo estar. Put in the correct form of the verb '**estar**' in the spaces below.

    (a) Ella _____ fatal.

    (b) Yo _____ contento.

    (c) ¿Tú _____ enfermo?

    (d) Ellos _____ bien.

    (e) Nosotros _____ mal.

    (f) El señor Lorca _____ cansado.

    (g) María no _____ enfadada.

    (h) ¿Vosotros _____ bien?

2. ¿Cómo se dice en español? How do you say the following in Spanish?

    (a) How are you?

    (b) Mr. Ruiz is not sick.

    (c) We are well.

    (d) Juan is tired.

    (e) Rosa is not angry.

    (f) Are you (*plural*) well?

    (g) They are fantastic.

    (h) I'm not well.

diecisiete 17

PRIMER PASO

3. Dibuja una cara adecuada en cada cuadro. Draw faces in the boxes below to show what the adjectives mean.

(a) enfadado

(b) cansada

(c) enfermo

(d) contenta

Contesta, en español, a las preguntas siguientes. Answer the following questions in Spanish.

* ¿Qué tal?
* ¿Cómo te llamas?
* ¿Cómo se escribe tu nombre?
* ¿Cómo estás?
* ¿Estás enfermo/a?
* ¿Estás enfadado/a?
* ¿Estás cansado/a?
* ¿Estás contento/a?

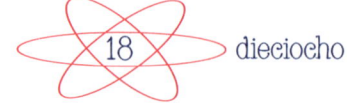

Te toca a ti... ¿Qué sabes sobre España y el mundo hispánico?

1. What is the **R.E.N.F.E.**?
   _____

2. What are motorways called in Spain?
   _____

3. Dalí was (a) a writer ☐   (b) an artist ☐   (c) a bull fighter ☐

4. What is '**el Retiro**'?
   _____

5. What is '**El País**'?
   _____

6. Spanish is the official language of Brazil.
   True ☐   False ☐

7. What is the capital of Chile?
   _____

8. What famous product is made in '**La Rioja**'?
   _____

9. Is Granada north or south of Córdoba?
   _____

10. At which meal are '**churros**' eaten?
    _____

Unidad tres: ¿Cuántos años tienes?

En esta unidad vas a aprender...

* The numbers 1–20.
* The irregular verb **tener** – to have.
* Some animals.
* How to make nouns plural.
* Some expressions using **tener**, including how to say your age.

Argentina

Numbers 1-20

It is very important to learn the numbers well. When you go to a Spanish-speaking country you will need to use them in many different situations.

3.01 Escucha el CD

1 uno	2 dos	3 tres	4 cuatro	5 cinco
6 seis	7 siete	8 ocho	9 nueve	10 diez
11 once	12 doce	13 trece	14 catorce	15 quince
16 dieciséis	17 diecisiete	18 dieciocho	19 diecinueve	20 veinte

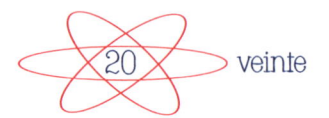

veinte

Unidad tres

3.02 Escucha el CD

(a) You will hear the numbers 1–10, but they are not in the correct order. Listen carefully and then write the numbers in the order that you hear them in the grid below.

(b) You will now hear the numbers 11–20. Write them into the grid below in the order that you hear them.

(c) You will now hear ten numbers between 1–20. Write them into the grid below in the order that you hear them.

Verbs

Learn this irregular verb.

tener - to have

tengo	I have
tienes	you have
tiene	he/she has
tenemos	we have
tenéis	you have
tienen	they have

Remember
1. To make a verb **negative** you simply put 'no' before it.
2. To ask a question, you put a question mark upside down at the beginning and the right way up at the end.

Ejercicio

Escribe, en los espacios en blanco, la forma correcta de tener. Write the correct form of '**tener**' in the spaces below.

(a) ¿Tú _____?

(b) Ella _____

(c) Nosotros _____

(d) Paco _____

(e) Yo _____

(f) Vosotros _____

veintiuno 21

PRIMER PASO

Unos animales - Some animals

3.03 Escucha el CD

Nota: The word animal also means pet in Spanish.

un gato  *un perro*  *un pez*

un caballo  *un conejo*  *un pájaro*

un ratón  *una tortuga*  *una vaca*

In Spanish there are two ways to say 'a' – '**un**' and '**una**'. This is because, in Spanish, a noun is either masculine (**un**) or feminine (**una**).

1. If a noun ends in **–o** it is usually masculine. If a noun ends in **–a** it is usually feminine.

2. If a noun does not end in **–o** or **–a**, you need to learn whether it is masculine or feminine so you know whether to put **un** or **una** with it.

✷ *Un día* (a day), which is masculine, and *una mano* (a hand), which is feminine, are exceptions to the rules.

Unidad tres

Ejercicio

Escribe un o una delante de los sustantivos siguientes. Después, escribe lo que significan en inglés.
Write '**un**' or '**una**' in front of the following nouns. Then say what each noun means in English.

(a) _____ pájaro = _____
(b) _____ vaca = _____
(c) _____ gato = _____
(d) _____ perro = _____
(e) _____ ratón = _____
(f) _____ conejo = _____
(g) _____ caballo = _____
(h) _____ tortuga = _____
(i) _____ pez = _____

How to make nouns plural in Spanish

1. If a noun ends in a vowel, add an **s**.
   - **Tengo un gato** – I have one cat.
   - **Tengo dos gatos** – I have two cats.

2. If a noun ends in a consonant, add **es**.
   - **Tengo un animal** – I have one pet.
   - **Tengo dos animales** – I have two pets.

3. If the noun ends in **–ón** or **–ión**, add **es** and drop the accent.
   - **Tengo un ratón** – I have one mouse.
   - **Tengo dos ratones** – I have two mice.

4. If a noun ends in **–z**, change the **–z** to **–c** and add **–es**.
   - **Tengo un pez** – I have one fish.
   - **Tengo dos peces** – I have two fish.

Nota: When the number *one* comes before a noun, it is **un** for masculine nouns, and **una** for feminine nouns.

veintitrés 23

PRIMER PASO

Ejercicio

¿Cómo se dice en español? How do you say the following in Spanish?

(a) I have three dogs. _____

(b) We have six cats. _____

(c) Pablo has twelve fish. _____

(d) Do you have a pet? _____

(e) They have five horses. _____

(f) She does not have a pet. _____

¿Cuántos animales hay? How many animals are there?

Ejercicio

Debajo de los dibujos, escribe una frase diciendo cuántos animales hay. Under the pictures, write a sentence saying how many animals there are.

vocabulario
¿Cuántos/as? How many?
Hay   There is/are

(a) _____

(b) _____

(c) _____

(d) _____

24 veinticuatro

3.04 Escucha el CD

Listen to the CD and write down in English what pet each person has.

(a) Ana: _____   (b) José: _____

(c) Pilar: _____   (d) Laura: _____

(e) Pablo: _____   (f) Juan: _____

Some expressions using tener

¿Cuántos años tienes? What age are you?

3.05 In Spanish, the verb **tener** is used for age.

¿Cuántos años tienes?

Tengo doce años.

¿Cuántos años tienes?

Tengo catorce años.

¿Cuántos años tienes?

Tengo trece años.

¿Cuántos años tienes?

Tengo once años.

Practica esta pregunta con tu compañero/a. Practise the question above with your partner.

Ejercicio

¿Cómo se dice en español? How do you say the following in Spanish?

(a) Juan is ten years old. _____

(b) Pilar is twenty years old. _____

(c) Elena is fifteen years old. _____

(d) Mónica is nineteen years old. _____

(e) David is fourteen years old. _____

(f) Carlos is seventeen years old. _____

veinticinco 25

PRIMER PASO

Escucha el CD - Diálogo (3.06)

Juan: Hola, ¿qué tal?
Pilar: Bien, gracias, ¿y tú?
Juan: ¿Cómo te llamas?
Pilar: Me llamo Pilar.
Juan: ¿Cuántos años tienes?
Pilar: Tengo once años.

Escucha el CD (3.07)

Listen to the CD and write down the age of each person.

(a) Miguel: _____ (b) Beatriz: _____

(c) Elena: _____ (d) Carlos: _____

(e) Ana: _____ (f) Julio: _____

Ejercicio

Haz dos diálogos como los diálogos de arriba utilizando la información siguiente. Escribe los diálogos en tu cuaderno. Make up two conversations like those you have just heard using the following information. Write these conversations into your copybook.

(a) Raúl, diez años. (b) María, catorce años.

   Laura, quince años.   Jaime, nueve años.

¿Tienes animales/mascotas en casa? Do you have any pets at home?

Practica esta pregunta con tu compañero/a. Practise this question with your partner.

Escucha el CD - Diálogo (3.08)

Enrique: Miguel, ¿tienes animales en casa?
Miguel: Sí, tengo un perro.
Enrique: ¿Cómo se llama?
Miguel: Se llama Paco.
Enrique: ¿Cuántos años tiene?
Miguel: Tiene tres años.

Unidad tres

Ejercicio

Haz dos diálogos como el diálogo que has oído utilizando la información siguiente. Escribe estos diálogos en tu cuaderno. Make up two conversations like the one you have just heard using the following information. Write these conversations into your copybook.

(a) Ana, un pez (Nemo), dos años. Carlos.   (b) Elena, un gato (Pepito), cinco años. José.

3.09 Escucha el CD

Write down in English what type of pet each person has and what age it is.

	Pet	Age of pet
(a)	_____	_____
(b)	_____	_____
(c)	_____	_____
(d)	_____	_____

More expressions using tener

3.90 Escucha el CD

vocabulario

tener frío	to be cold
tener calor	to be warm
tener hambre	to be hungry
tener sed	to be thirsty
tener razón	to be right
tener miedo	to be afraid
tener que	to have to

tengo calor

tengo frío

tengo hambre

tengo miedo

tengo sed

veintisiete 27

PRIMER PASO

Ejercicio

Escribe la forma correcta de tener. Write down the correct form of '**tener**'.

(a) Nosotros _____ hambre.

(b) Yo _____ frío.

(c) ¿Tú _____ sed?

(d) Ellos _____ miedo.

(e) Juan _____ razón.

(f) ¿Vosotros _____ hambre?

(g) Ella _____ calor.

(h) Miguel y Jaime _____ hambre.

Deberes

1. Escribe la forma correcta del verbo en paréntesis. Put the verb in brackets into the correct form.

   (a) Ella (*estar*) _____ bien.

   (b) Yo (*tener*) _____ hambre.

   (c) Isabel (*tener*) _____ catorce años.

   (d) Nosotros (*estar*) _____ mal.

   (e) Antonio no (*tener*) _____ un perro.

   (f) Ellos (*estar*) _____ fatal.

   (g) Yo (*estar*) _____ enfermo

   (h) Nosotros (*tener*) _____ calor.

   (i) ¿Tú (*estar*) _____ enfadado?

   (j) ¿Vosotros (*tener*) _____ frío?

2. In your copybook, write five lines in Spanish about yourself.

veintiocho

Unidad tres

Crucigrama
Completa el crucigrama utilizando los dibujos como pistas. Complete the crossword using the pictures as clues.

Across

2.

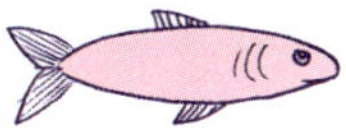

4.

6.

Down

1.

3.

5.

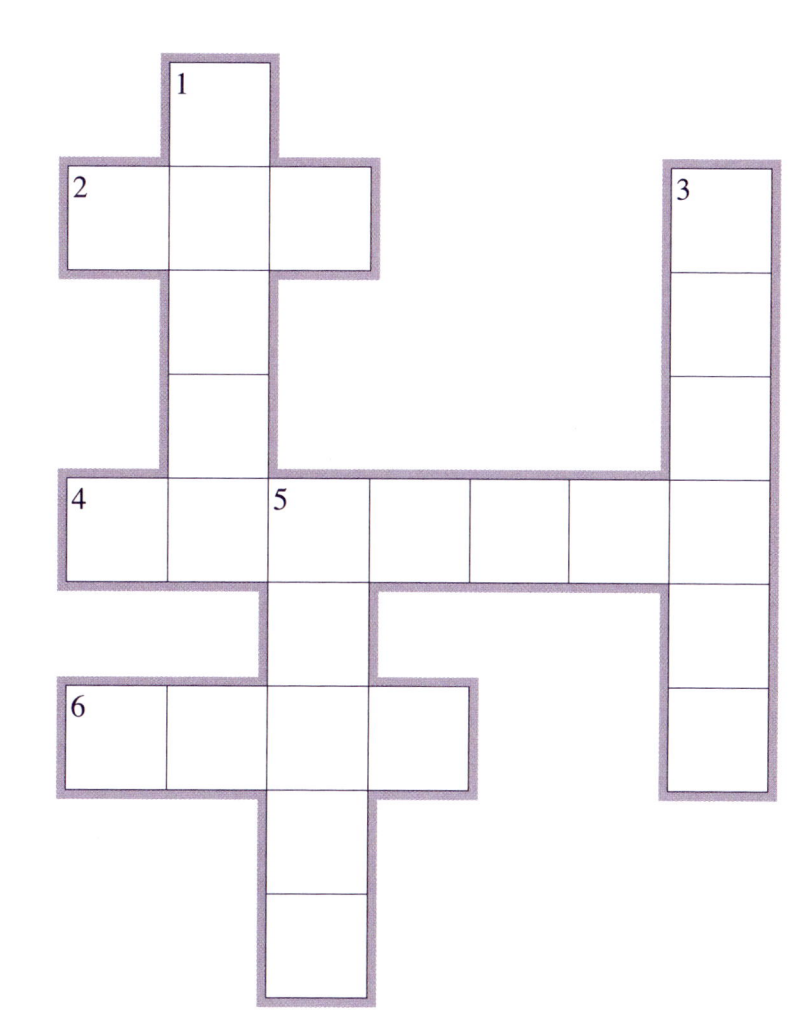

Contesta, en español, a las preguntas siguientes. Answer the following questions in Spanish.

* ¿Qué tal?
* ¿Cómo te llamas?
* ¿Tienes animales en casa?
* ¿Tienes un gato?
* ¿Cuántos años tienes?
* ¿Tienes hambre?
* ¿Tienes sed?
* ¿Tienes un pez?

veintinueve 29

PRIMER PASO

Te toca a ti... ¿Qué sabes sobre España y el mundo hispánico?

1. On which day are many museums and galleries closed in Madrid?
   _____

2. Where are the Canary Islands?
   _____

3. According to legend, who is supposed to be buried in Santiago?
   _____

4. When is '**turrón**' mostly eaten?
   _____

5. What would you buy at '**un estanco**'?
   _____

6. What is the capital of Uruguay?
   _____

7. How many provincias are there in Spain?
   (a) 52 ☐   (b) 55 ☐   (c) 60 ☐

8. What are the '**Niña**', '**Pinta**', and the '**Santa María**'?
   _____

9. Barcelona is the capital of which province?
   _____

10. What does the American city '**Los Angeles**' literally mean?
    _____

Unidad cuatro: ¿Qué es esto?

En esta unidad vas a aprender...

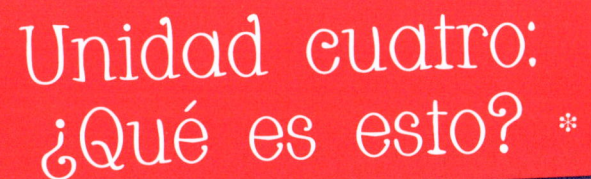

* Another verb meaning to be – **ser**.
* Some more adjectives.
* Instructions – some words you need in the classroom and some expressions you hear in the classroom.

Paraguay

Verbs

You have already learned the verb **estar** – to be. Revise the rules for using it on page 13.

ser - to be

soy	I am
eres	you are
es	he/she is
somos	we are
sois	you are
son	they are

1. **Ser** also means to be. However, while **estar** tells you *how* something is, **ser** tells you *what* something is.
   - **¿Qué es esto?** What is this?
   - **Es un lápiz.** It's a pencil.
   It also tells you **who** someone is.
   - **¿Quién es?** Who is it. **Es Antonio.** It's Antonio.

2. Ser is also used with adjectives which have a *permanent* quality.
   - **El caballo es grande.** The horse is big.
   - **Antonio es español.** Antonio is Spanish.

Ejercicio

Escribe la forma correcta de ser. Write in the correct form of '**ser**'.

(a) Tú _____

(b) Ellos _____

(c) María _____

(d) Nosotros _____

(e) Yo _____

(f) Vosotros _____

treinta y uno 31

PRIMER PASO

¿Quién es? Who is it?

Ejercicio

Name the famous Spanish people in the photos below.

(a) _____ (b) _____ (c) _____ (d) _____

¿Qué es esto? What is this?

Escucha el CD

Escucha y repite las palabras en el CD. Listen to and repeat the words on the CD.

Es = it is

un libro *un bolígrafo* *un cuaderno* *un estuche*

un rotulador *un lápiz* *un sacapuntas* *un ordenador*

treinta y dos

Unidad cuatro

un reloj 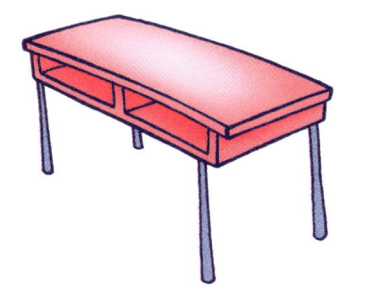 *un pupitre* 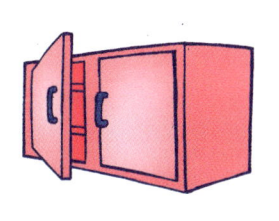 *un armario* 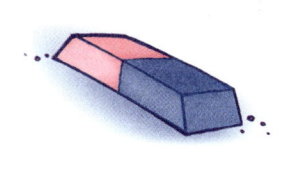 *una goma*

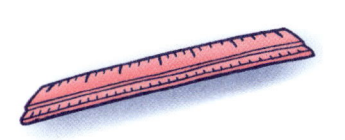

una regla  *una cartera* 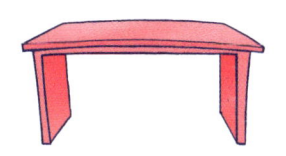 *una mesa* 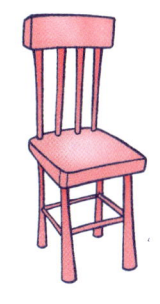 *una silla*

una puerta 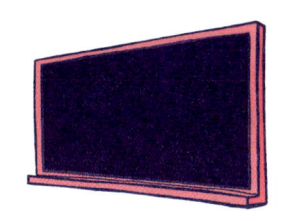 *una pizarra*  *una ventana*  *una papelera*

Ejercicio

Escribe un o una delante de las palabras siguientes. Write '**un**' or '**una**' before the following words.

(a) _____ cuaderno
(b) _____ estuche
(c) _____ mesa
(d) _____ cartera
(e) _____ goma
(f) _____ armario
(g) _____ regla
(h) _____ bolígrafo
(i) _____ pizarra
(j) _____ libro
(k) _____ puerta
(l) _____ pupitre
(m) _____ ventana
(n) _____ lápiz
(o) _____ ordenador
(p) _____ reloj

treinta y tres

PRIMER PASO

¿Qué tienes? What do you have?

4.02 Escucha el CD

Write in English the number and the name of what each person has.

	Number	Name
(a)	_____	_____
(b)	_____	_____
(c)	_____	_____
(d)	_____	_____
(e)	_____	_____
(f)	_____	_____
(g)	_____	_____
(h)	_____	_____

Adjectives

vocabulario

pequeño/a	small
viejo/a	old
nuevo/a	new
grande/grande	big
joven/joven	young

Es un libro viejo.
It's an old book.

Es una puerta grande.
It's a big door.

Es un estuche nuevo.
It's a new pencil case.

Es un perro joven.
It's a young dog.

Es un gato pequeño.
It's a small cat.

Nota: *Grande* and *joven* are the same in the masculine and feminine.

Nota: In Spanish, adjectives usually go **after** the noun.

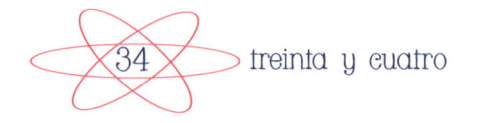

34 treinta y cuatro

Unidad cuatro

Ejercicio

¿Cómo se dice en español? How do you say the following in Spanish?

(a) A big dog. _____

(b) A young horse. _____

(c) An old fish. _____

(d) A new copybook. _____

(e) A small pencil. _____

4.03 Escucha el CD

What is being described and what adjective is used?

	Object	Adjective
(a)	_____	_____
(b)	_____	_____
(c)	_____	_____
(d)	_____	_____
(e)	_____	_____
(f)	_____	_____

Deberes

1. Diálogo. Read this dialogue and answer the questions that follow in English.

   Antonio: ¿Tienes una mascota en casa?
   Mario: Sí, tengo un perro.
   Antonio: ¿Cómo se llama?
   Mario: Se llama Pipi.
   Antonio: ¿Es grande o pequeño?
   Mario: Es grande.
   Antonio: ¿Cuántos años tiene?
   Mario: Tiene ocho años.

   una mascota = pet

   (a) What pet does Mario have? _____

   (b) What is his name? _____

   (c) Is he big or small? _____

   (d) How old is he? _____

treinta y cinco

PRIMER PASO

2. En tu cuaderno, escribe un diálogo sobre tu mascota como el diálogo en la página 35. In your copybook, write a dialogue like the one on page 35 about your own pet (make it up if you don't have a pet).

3. Rellena los espacios en blanco con la forma correcta de ser o estar. Fill the blanks with the correct part of '**ser**' or '**estar**'.

   (a) Yo _____ bien.

   (b) Pedro _____ joven.

   (c) Nosotros _____ mal.

   (d) ¿La cartera _____ grande?

   (e) Laura _____ enfadada.

   (f) ¿Tú _____ enfermo?

4. Escribe un adjetivo adecuado debajo de cada dibujo. Write a suitable adjective under each illustration.

   (a) _____ (b) _____ (c) _____

   (d) _____ (e) _____

36 treinta y seis

Unidad cuatro

5. Relaciona las palabras y los dibujos. Match up the words and the pictures.

(a) un reloj (i)

(b) una mesa (ii)

(c) una papelera (iii)

(d) un pupitre (iv)

(e) un armario (v)

(f) un ordenador (vi)

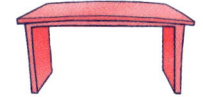

(g) una silla (vii)

(h) una pizarra (viii)

(i) una puerta (ix)

(j) una ventana (x)

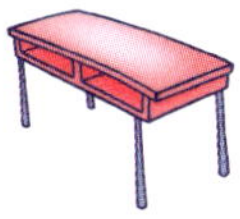

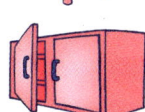

(a) _____   (b) _____   (c) _____   (d) _____   (e) _____
(f) _____   (g) _____   (h) _____   (i) _____   (j) _____

treinta y siete 37

PRIMER PASO

Crucigrama
Completa el crucigrama utilizando los dibujos como pistas. Complete the crossword using the pictures as clues.

Across

1.
6.
7.
8.
10.

Down

2.
3.
4.
5.
9.

treinta y ocho

Unidad cuatro

Instrucciones - Instructions

By now you are probably used to your teacher giving you the following instructions in Spanish. If there are some you are not sure of, you now have a chance to study them.

Silencio, por favor.	Silence, please.
Sacad los libros.	Take out your books.
Abrid los libros.	Open your books.
Cerrad los libros.	Close your books.
Aprended los deberes/el vocabulario.	Learn your homework/vocabulary.
Sentaos.	Sit down.
Levantaos.	Stand up.
Mirad la pizarra.	Look at the blackboard.
Escuchad el CD.	Listen to the CD.
Escribid en los cuadernos.	Write in your copybooks.

The following questions and expressions are useful to know when you want to speak to your teacher.
Note that, in Spanish, when you have a question you need an upside down question mark at the beginning of the question.

¿Qué página es?	What page is it?
¿Cómo se dice 'copybook' en español?	How do you say 'copybook' in Spanish?
¿Qué significa 'libro' en inglés?	What does 'libro' mean in English?
¿Puedo ir al servicio?	Can I go to the toilet?
¿Puedo ir a mi taquilla?	Can I go out to my locker?

Lo siento.	I'm sorry.
No entiendo.	I don't understand.
Siento haber llegado tarde.	Sorry, I'm late.

treinta y nueve 39

PRIMER PASO

Te toca a ti... ¿Qué sabes sobre España y el mundo hispánico?

1. Where would you find the '**Güell Park**'?
   _____

2. Who designed it?
   _____

3. When was the Spanish Civil War?
   _____

4. When is the National Day of Spain?
   _____

5. What is '**castellano**'?
   _____

6. What is '**El Talgo**'?
   _____

7. What are the colours of the Spanish flag?
   _____

8. What drink is made in Jerez?
   _____

9. What is the main ingredient of '**paella**'?
   _____

10. What is '**la pelota vasca**'?
    _____

Unidad cinco: La familia

En esta unidad vas a aprender...

* How to say 'the' in Spanish.
* How to talk about your family.
* How to say 'there is' and 'there are'.
* The masculine and feminine of adjectives.
* The possessive adjectives.

Colombia

Family life is very important in Spain. You will often see lots of family groups together, particularly on Sunday, in the parks or on the beach.

The definite article: the

There are four ways of saying 'the' in Spanish: **el, la, los, las**.

* **El** is used before a masculine singular noun.
* **La** is used before a feminine singular noun.

el chico   *la chica*

vocabulario

el chico	the boy
la chica	the girl
el niño	the boy
la niña	the girl
el muchacho	the boy
la muchacha	the girl
el chaval	the boy
la chavala	the girl
el hombre	the man
la mujer	the woman

* **Los** is used before a masculine plural noun.
* **Las** is used before a feminine plural noun.

los chicos   *las chicas*

Nota: Notice the difference between **el** (no accent) which means 'the' and **él** (with accent) which means 'he'.

cuarenta y uno 41

PRIMER PASO

Ejercicio

Escribe el, la, los o las delante de los sustantivos de abajo. Put in '**el**', '**la**', '**los**' or '**las**' in front of the nouns below.

(a) _____ libro
(b) _____ estuches
(c) _____ profesor
(d) _____ mujer
(e) _____ ventanas
(f) _____ peces
(g) _____ animales
(h) _____ bolígrafo
(i) _____ puerta
(j) _____ perro
(k) _____ chicas
(l) _____ chavales
(m) _____ hombres
(n) _____ caballo
(o) _____ mujeres

La familia

Mira estos dibujos ¿puedes adivinar quién es cada persona? Look at these illustrations, can you figure out who each person is?

la tía — el tío 
los tíos

el padre — la madre 
los padres

el abuelo — la abuela 
los abuelos

el primo — la prima 
los primos

el hijo — la hija
los hijos

42 cuarenta y dos

Unidad cinco

5.01 Escucha el CD

Escucha esta lista de palabras sobre la familia. Listen to this list of words relating to the family.

vocabulario

el padre	the father	la madre	the mother
los padres	the parents	el marido	the husband
la esposa	the wife	el esposo	the husband
el hombre	the man	la mujer	the woman (wife)
el hijo	the son	la hija	the daughter
los hijos	the children	los gemelos	the twins
el abuelo	the grandfather	la abuela	the grandmother
los abuelos	the grandparents	el primo	the cousin (male)
la prima	the cousin (female)	el tío	the uncle
la tía	the aunt	los tíos	the uncle and aunt
el nieto	the grandson	la nieta	the granddaughter
el sobrino	the nephew	la sobrina	the niece

¿Quién es? Who is it?

5.02 Escucha el CD

Listen to the CD and write down which family member is mentioned.

(a) _____ (b) _____
(c) _____ (d) _____
(e) _____ (f) _____
(g) _____ (h) _____

Hay - There is/there are

¿Cuántas personas hay en tu familia? How many people are there in your family?

5.03 Escucha el CD

¿Cuántas personas hay en tu familia?

En mi familia hay cuatro personas.

Nota: hay = there is/there are

cuarenta y tres 43

PRIMER PASO

¿Cuántas personas hay en tu familia?

En mi familia hay seis personas.

¿Cuántas personas hay en tu familia?

En mi familia hay siete personas.

Practica esta pregunta con tu compañero/a. Practise this question with your partner.

La familia López

Escucha el CD

Este chico es Miguel. En la familia de Miguel hay cinco personas. El padre de Miguel se llama Antonio. La madre de Miguel se llama María. Miguel tiene trece años. La hermana de Miguel se llama Elena, tiene quince años. Elena es mayor que Miguel.
El hermano de Miguel se llama Carlos. Tiene ocho años. Es menor que Miguel. Miguel tiene un perro que se llama Zoco.

Nota: In Spanish there is no 's (apostrophe s), therefore 'Miguel's father' becomes 'the father of Miguel', and is translated as 'el padre de Miguel'.

vocabulario

| menor que | younger than |
| mayor que | older than |

Juan es mayor que Miguel

Eva es menor que Elena

44 cuarenta y cuatro

Unidad cinco

Ejercicio

¿Cómo se dice en español? How do you say the following in Spanish?

(a) Rosa's sister. _____

(b) Pablo is younger than Paco. _____

(c) Antonio's mother. _____

(d) Ana is older than Laura. _____

(e) Elena's father. _____

¿Tienes hermanos? Do you have any brothers or sisters?

5.05 Escucha el CD - Diálogos

- Eva, ¿tienes hermanos?
- Sí, tengo un hermano y dos hermanas.

- Miguel, ¿tienes hermanos?
- No, no tengo hermanos. Soy hijo único.

Haz un diálogo sobre tus hermanos y practícalo con tu compañero/a. Make up a similar conversation about your brothers and sisters, and practise it with your partner.

cuarenta y cinco

PRIMER PASO

Crucigrama
Completa el crucigrama con las pistas abajo. Complete the crossword with the clues below.

Across

1. Lisa es la _____ de Marge.
4. Bart es el _____ de Lisa.
8. Patty y Selma son _____.
9. Homer es el _____ de Bart.

Down

1. Bart es el _____ de Homer.
2. Abe es el _____ de Bart.
3. Patty es la _____ de Bart.
5. Marge es la _____ de Homer.
6. Lisa es la _____ de Maggie.
7. Marge es la _____ de Lisa.

Los Simpson

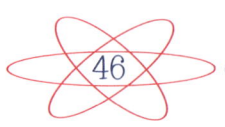

Unidad cinco

5.06 Escucha el CD

Answer the following questions in English.

La familia Jiménez

(a) How many people are there in this family? _____

(b) What age is Jaime? _____

(c) What age is Isabel? _____

(d) What pet do they have? _____

La familia Sastre

(a) How many people are there in this family? _____

(b) What age is the older brother? _____

(c) What age is the younger sister? _____

(d) Who is Zara? _____

Ejercicio

Describe, en tu cuaderno, esta familia utilizando la información de abajo. Using the information given below, write a description of this family in your copybook.

* La niña se llama Isabel, 14 años
* La madre – Rosa
* La hermana – Luisa, 2 años
* El padre – José
* El hermano – Raúl, 11 años
* Perro – no, pájaro – sí

cuarenta y siete 47

PRIMER PASO

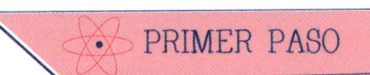

Adjectives

How to make adjectives agree

Adjectives in Spanish have to agree with the noun they describe. That means the end of the adjective may change depending on whether the noun is masculine, feminine, singular or plural.

el	la	los	las
alto	alta	altos	altas
grande	grande	grandes	grandes
hablador	habladora	habladores	habladoras
español	española	españoles	españolas
irlandés	irlandesa	irlandeses	irlandesas
deportista	deportista	deportistas	deportistas

Examples

El niño es alto. — The boy is tall.
La niña es alta. — The girl is tall.
Los niños son altos. — The boys are tall.
Las niñas son altas. — The girls are tall

1. When an adjective ends in **–o**, it changes to **–a, –os, –as.**
2. When an adjective ends in a consonant or **–e**, the masculine and feminine singular are generally the same. In the plural, add **–es** for an adjective ending in a consonant and **–s** for an adjective ending in **–e**.
3. When an adjective ends in **–or**, add **–a** for the feminine singular, **–es** for the masculine plural and **–as** for the feminine plural.
   Menor and **mayor** are exceptions to this rule, the masculine and feminine are the same.
4. Notice that adjectives of nationality ending in **–és** lose the accent in the feminine and plural. Add **–a** for the feminine singular, **–es** for the masculine plural and **–as** for the feminine plural.
5. Nouns ending in **–ista** are the same for masculine and feminine singular, and add an **–s** in the plural.

Unidad cinco

Ejercicio

Escribe la forma correcta del adjetivo. Write down the correct form of the adjective in brackets.

(a) El gato es (*pequeño*) _____   (b) Los chicos son (*gordo*) _____

(c) La puerta es (*viejo*) _____   (d) Las mujeres son (*rubio*) _____

(e) Las chicas son (*trabajador*) _____   (f) El libro es (*irlandés*) _____

(g) La tía es (*joven*) _____   (h) La abuela es (*español*) _____

vocabulario

alto	tall	divertido	funny
bajo	short	tonto	silly
gordo	fat	triste	sad
delgado	slim	inteligente	intelligent
rubio	fair haired	interesante	interesting
moreno	dark haired	deportista	sporty
simpático	nice	trabajador	hard working
antipático	not nice	irlandés	Irish

Crucigrama

Completa el crucigrama con las pistas de abajo. Complete the crossword with the clues given.

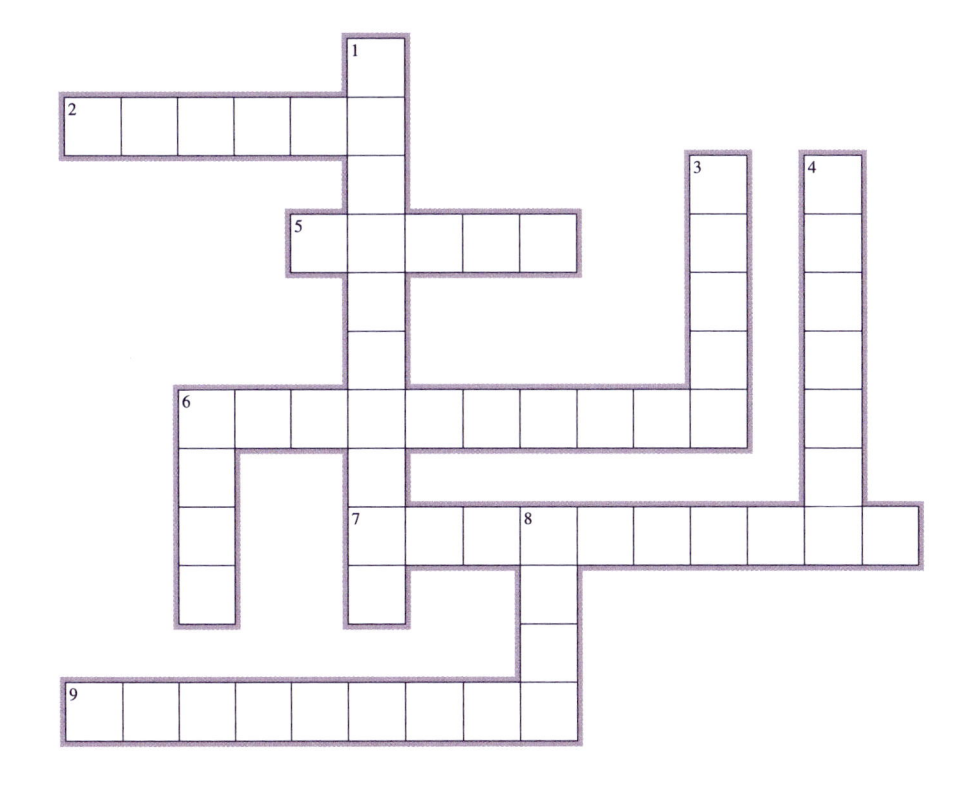

Across
2. sad
5. silly
6. not nice
7. hard working
9. nice

Down
1. sporty
3. fat
4. slim
6. tall
8. short

cuarenta y nueve 49

PRIMER PASO

5.07 *Escucha el CD*
Write in English what is being described and which adjective is used to describe it.

	Item/person	Adjective
(a)	_____	_____
(b)	_____	_____
(c)	_____	_____
(d)	_____	_____
(e)	_____	_____
(f)	_____	_____
(g)	_____	_____
(h)	_____	_____

Possessive adjectives

	el	la	los	las
my	mi	mi	mis	mis
your	tu	tu	tus	tus
his	su	su	sus	sus
her	su	su	sus	sus
our	nuestro	nuestra	nuestros	nuestras
your	vuestro	vuestra	vuestros	vuestras
their	su	su	sus	sus

1. Possessive adjectives tell you who owns something. As these are adjectives, they must change to agree with the noun they go before.
2. **Tu** without an accent means your.
   Tú with an accent means you.
3. **Su** and **sus** have three different meanings – his, her or their – so you need to read your sentence carefully when translating into English.
4. The Spanish words for our and your – **nuestro** and **vuestro** – have four different forms:
   - They end in **–o** with masculine singular nouns.
     vuestro abuelo – your grandfather
   - They end in **–a** with feminine singular nouns.
     vuestra abuela – your grandmother
   - They end in **–os** with masculine plural nouns.
     nuestros tíos – our uncles
   - They end in **–as** with feminine plural nouns.
     nuestras tías – our aunts

cincuenta

Unidad cinco

Ejercicios

1. Escribe con la forma correcta del adjetivo. Write in the correct form of the adjectives in brackets.
   - (a) (T*u*) _____ primos.
   - (b) (N*uestro*) _____ tía.
   - (c) (M*i*) _____ bolígrafo.
   - (d) (S*u*) _____ cuadernos.
   - (e) (V*uestro*) _____ gomas.
   - (f) (M*i*) _____ padres.

2. ¿Cómo se dice en español? How do you say the following in Spanish?
   - (a) My mother _____
   - (b) Your father _____
   - (c) His sisters _____
   - (d) Our grandmother _____
   - (e) Their uncle _____
   - (f) My pencils _____
   - (g) Your (*plural*) books _____
   - (h) Our computer _____

Contesta, en español, a las preguntas siguientes. Answer the following questions in Spanish.

* ¿Tienes hermanos?
* ¿Tienes animales en casa?
* ¿Cómo se llama tu hermano?
* ¿Cómo se llama tu hermana?
* ¿Cuántos años tiene tu hermano?
* ¿Cuántos años tiene tu hermana?

¿Cómo es tu hermano? What is your brother like?

Escucha el CD - Diálogo

Laura, ¿cómo es tu hermano?
Mi hermano es rubio, alto y un poco gordo. También es muy inteligente.

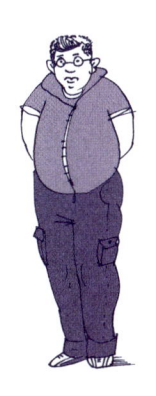

Jaime, ¿cómo es tu hermana?
Mi hermana es morena, baja y delgada. También es muy divertida.

cincuenta y uno 51

PRIMER PASO

Escucha el CD

Listen to these descriptions of family members and write down in English which family member is mentioned and how they are described.

Family member	Description
(a) _____	_____
(b) _____	_____
(c) _____	_____
(d) _____	_____
(e) _____	_____
(f) _____	_____

Ejercicio

In your copybook, write a description of two members of your family – one male and one female.

Deberes

1. Read the descriptions below and answer the questions on page 53 in English.

Me llamo Juan. Tengo dos hermanos. Se llaman Luis y Antonio. Los dos son mayores que yo. Antonio es alto y moreno. Luis es moreno también pero no es alto y es muy tonto.

Me llamo Luisa. Tengo una hermana, se llama Elena. Tiene nueve años, es menor que yo. Es rubia, baja y delgada. También es simpática y muy divertida.

Me llamo Raúl. Tengo un hermano y una hermana. Mi hermano es menor que yo, es rubio y bajo. También es muy inteligente. Mi hermana se llama Paula y es mayor que yo, es rubia y alta. No es simpática.

cincuenta y dos

Unidad cinco

(a) Who has one sister and no brothers? _____
(b) Who has two older brothers? _____
(c) Whose sister is nice? _____
(d) Whose brother is dark haired and short? _____
(e) Who has a younger brother? _____
(f) Whose brother is silly? _____
(g) Who has an older sister? _____
(h) Whose brother is intelligent? _____

2. ¿Cómo se dice en español? How do you say the following in Spanish?

(a) My sister's name is Isabel.

(b) There are four people in my family.

(c) My sister is tall and fair haired.

(d) Their mother is very funny.

(e) Our father is dark haired.

(f) My brother is older than me.

(g) My uncle's name is David.

(h) Her brother is very nice.

3. Write a description of your family in your copybook.

cincuenta y tres 53

PRIMER PASO

Te toca a ti... ¿Qué sabes sobre España y el mundo hispánico?

1. On which river is Sevilla built?
   _____

2. Who is Cristobal Colón?
   _____

3. Where is the Orinoco River?
   _____

4. What is the main ingredient of '**sangría**'?
   _____

5. Where would you find '**el Aeropuerto de Barajas**'?
   _____

6. What is the Queen of Spain's name?
   _____

7. '**El Guernica**' was painted by
   (a) Goya ☐   (b) Picasso ☐   (c) El Greco ☐

8. The '**alpaca**' is a native animal of
   (a) Chile ☐   (b) Peru ☐   (c) Argentina ☐

9. The '**chotis**' is
   (a) food ☐   (b) an item of clothing ☐   (c) a dance ☐

10. In '**Real Madrid**', what is the meaning of '**Real**'?
    _____

cincuenta y cuatro

Unidad seis: ¿Cómo es?

En esta unidad vas a aprender...

* How to give a more detailed description of people, including eyes and hair.
* Numbers 21–50.
* Months of the year and how to say when your birthday is.
* How to answer a letter in Spanish.

Perú

Descriptions

It is very important to be able to describe people. Listen to the following descriptions and, from the information below, see if you can figure out what each person is saying.

Escucha el CD

6.01

Me llamo Isabel.
Soy rubia, tengo los ojos azules.
Soy alta y delgada.
También soy trabajadora y tímida.

vocabulario

guapo	handsome
lindo	pretty
feo	ugly
perezoso	lazy
tímido	shy
hablador	talkative

Me llamo Carlos.
Tengo el pelo negro y los ojos marrones.
Soy alto y gordo.
También soy hablador y un poco perezoso.

Me llamo Mónica.
Soy pelirroja y tengo los ojos grises
No soy alta.
Soy guapa y deportista.

Me llamo Jaime.
Tengo el pelo castaño y los ojos verdes.
No soy bajo.
Soy inteligente y simpático.

cincuenta y cinco 55

PRIMER PASO

You usually use **ser** with these adjectives as they are describing characteristics.

However, when describing someone's hair, you can say it either by using:

ser + an adjective   or   **tener**

Es rubio.   He is blond.   **Tiene el pelo rubio.** He has fair hair
Es moreno.   He is dark haired.   **Tengo el pelo negro.** I have black hair.
Es castaño.   He is brown haired.
Es pelirrojo. He is red haired.

When describing eyes, you use **tener** + the colour.
- **Tiene los ojos azules.** He has blue eyes.
- **Tiene los ojos marrones.** He has brown eyes.
- **Tiene los ojos verdes.** He has green eyes.
- **Tiene los ojos grises.** He has grey eyes.

6.02 Escucha el CD

Escucha a Paula como describe a sus primos. Listen to Paula as she describes her cousins.

Hola, soy Paula. Tengo dos primos: una chica y un chico. Mi prima se llama Elena, tiene doce años. Es alta, delgada y muy linda. Tiene los ojos azules y el pelo rubio. Elena no es perezosa pero es muy habladora.
Mi primo se llama Vicente. Es menor que Elena: él tiene cuatro años. No es alto. Es muy divertido. También es rubio pero tiene los ojos marrones.

1. Contesta, en español, a las preguntas siguientes. Answer the following questions in Spanish.

   * ¿Cómo eres?
   * ¿Tienes el pelo rubio?
   * ¿Tienes los ojos verdes?
   * ¿Eres tímido/a?
   * ¿Eres perezoso/a?
   * ¿Eres hablador/a?
   * ¿Eres alto/a o bajo/a?
   * ¿Eres gordo/a o delgado/a?

2. Pick someone in the class. Describe him/her without saying his/her name and see if anyone can guess who it is.

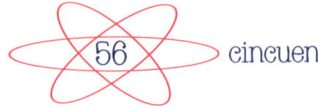

Unidad seis

Ejercicios

1. Escribe la forma correcta del adjetivo. Write in the correct form of the adjective.
   (a) Mi madre tiene los ojos (*gris*) _____
   (b) Las chicas son (*rubio*) _____
   (c) Mis hermanos son (*perezoso*) _____
   (d) Pablo es (*guapo*) _____
   (e) Su abuela no es (*pelirrojo*) _____
   (f) Nuestra tía es (*hablador*) _____

2. ¿Cómo se dice en español? How do you say the following in Spanish?
   (a) My brother is not shy but he is very lazy.

   (b) My sister has brown hair and blue eyes.

   (c) My mother is tall, slim and very pretty.

   (d) My dad has black hair and brown eyes.

3. Describe los dibujos siguientes con un adjetivo adecuado. What adjective would you use to describe the following pictures?

   (a)  _____   (b)  _____   (c)  _____   (d) _____

   (e)  _____   (f)  _____   (g)  _____   (h) _____

cincuenta y siete 57

PRIMER PASO

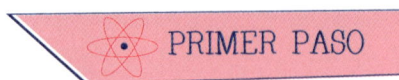

6.03 Escucha el CD

Write down in English who is being described and what adjectives are used to describe them.

Person	Adjective
(a) _____	_____
(b) _____	_____
(c) _____	_____
(d) _____	_____
(e) _____	_____
(f) _____	_____

Los números entre 20-50

Repasa los números 1–20 en la página 20. Revise the numbers 1–20 on page 20.

6.04 Escucha el CD

Study the numbers 20–50.

20	veinte		**29**	veintinueve
21	veintiuno/a		**30**	treinta
22	veintidós		**31**	treinta y uno/a
23	veintitrés		**32**	treinta y dos
24	veinticuatro		**40**	cuarenta
25	veinticinco		**41**	cuarenta y uno/a
26	veintiséis		**42**	cuarenta y dos
27	veintisiete		**50**	cincuenta
28	veintiocho			

1. Notice how the spelling of 21–29 is different to the 30s and 40s.
2. Notice what happens to 21, 31 etc. when they come before a masculine noun: they lose the –o. The –o changes to –a before a feminine noun.
   - **Tiene veintiún años.** He is 21 years old.
   - **Tiene treinta y un años.** He is 31 years old.
   - **Hay veintiuna chicas en mi clase.** There are 21 girls in my class.

58 cincuenta y ocho

Unidad seis

Ejercicios

1. Escribe en español los números siguientes. Write the following numbers in Spanish.

   (a) 25 _____   (b) 47 _____

   (c) 42 _____   (d) 50 _____

   (e) 21 _____   (f) 30 _____

   (g) 39 _____   (h) 48 _____

2. Relaciona los números y las palabras. Match up the numbers to their spelling.

1. 50	(a) veinticinco	1.	
2. 40	(b) treinta	2.	
3. 25	(c) cuarenta y ocho	3.	
4. 30	(d) veintinueve	4.	
5. 29	(e) cincuenta	5.	
6. 48	(f) cuarenta	6.	

6.05 Escucha el CD

Fill in the spaces below with the numbers you hear on the CD.

(a) [ ][ ][ ][ ][ ][ ]

(b) [ ][ ][ ][ ][ ][ ]

(c) [ ][ ][ ][ ][ ][ ]

Ejercicio

¿Cómo se dice en español? How do you say the following in Spanish?

(a) My mother is 40 years old.
_____

(b) My father is 46 years old.
_____

(c) My aunt is 50 years old.
_____

(d) His sister is 29 years old.
_____

(e) Their uncle is 37 years old.
_____

(f) Our aunt is 41 years old.
_____

cincuenta y nueve

PRIMER PASO

Los meses del año – Months of the year

¿Cuándo es tu cumpleaños? When is your birthday?

Escucha el CD

¿Cuándo es tu cumpleaños?
Mi cumpleaños es el primero de enero.

¿Cuándo es tu cumpleaños?
Mi cumpleaños es el dos de febrero.

¿Cuándo es tu cumpleaños?
Mi cumpleaños es el trece de agosto.

¿Cuándo es tu cumpleaños?
Mi cumpleaños es el quince de abril.

¿Cuándo es tu cumpleaños?
Mi cumpleaños es el veinticinco de octubre.

vocabulario

enero	January
febrero	February
marzo	March
abril	April
mayo	May
junio	June
julio	July
agosto	August
septiembre	September
octubre	October
noviembre	November
diciembre	December

1. In Spanish, the months are written with a **small** letter.
2. In dates in Spanish you use the **cardinal** numbers, which means when you want to say the **second** of January 'el **dos** de enero', you really are saying the **two** of January.
An exception to this rule is the first of each month – **el primero**.

Nota:
Another important day for Spanish people is their **santo**, which is their saint's day. This is also a day of celebration. It is like having two birthdays.

Ejercicios

1. Escribe la fecha de tu cumpleaños, y practícala. Write out the date of your birthday and practise saying it.
   _____

2. Pregunta a tu compañero/a la fecha de su cumpleaños y escríbela. Ask your partner when his or her birthday is and write it down.
   _____

3. These are some important dates in Spain which have been mixed up.
   Relaciona la fecha con la fiesta. Match up the date with the 'fiesta'.

1. El primero de enero	A. Día Nacional	1.	
2. El seis de enero	B. La Inmaculada	2.	
3. El primero de mayo	C. Día de los Reyes	3.	
4. El doce de octubre	D. Año Nuevo	4.	
5. El primero de noviembre	E. Navidad	5.	
6. El ocho de diciembre	F. Día del trabajo	6.	
7. El veinticinco de diciembre	G. Todos los Santos	7.	

Escucha el CD

Listen to the CD and write, in English, the age of each person and the date of his or her birthday.

Age **Date of birth**

(a) Alejandro: _____   _____

(b) Elena: _____   _____

(c) José: _____   _____

(d) Juan: _____   _____

(e) María: _____   _____

(f) Pilar: _____   _____

(g) Felipe: _____   _____

(h) Ana: _____   _____

PRIMER PASO

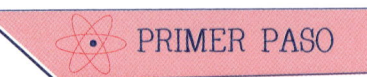

Una carta - A letter

It is very important to be able to write a letter or an e-mail in Spanish. You will be asked to write a letter on the Junior Certificate exam so learn the format carefully. You will be given more advice on letter writing later.

Valencia, dos de mayo.

Hola,

Soy Alejandro, tu amigo por correspondencia. Tengo trece años. Mi cumpleaños es el catorce de abril, y mi santo es el veinticuatro de junio.

En mi familia hay cuatro personas, mis padres, mi hermana y yo.

Yo soy alto y delgado, tengo los ojos marrones y el pelo negro. Soy bastante guapo, hablador y un poco perezoso.

Mi hermana se llama Paula, ella es mayor que yo, tiene dieciséis años. No es alta pero es muy hermosa. También es muy simpática e inteligente y a veces es muy divertida.

Y tú, ¿tienes hermanos? ¿Cómo eres? ¿Cuándo es tu cumpleaños?

Escríbeme pronto.
Un abrazo,

Juan.

---

vocabulario

el amigo por correspondencia	pen-pal
bastante	fairly
a veces	sometimes
escríbeme	write to me
pronto	soon
un abrazo	love (a hug)

Nota: Notice the word '**e**' in the second last paragraph. It means 'and'. It is used instead of '**y**' before a word beginning with '**i**' or '**hi**'.

Ejercicios

1. When you have read the letter above, answer the following questions in English.
   (a) What age is Juan? _____
   (b) When is his birthday? _____
   (c) What happens on the 24th of June? _____
   (d) How does he describe himself physically? _____
   (e) What age is his sister? _____
   (f) How does he describe his sister's character? _____

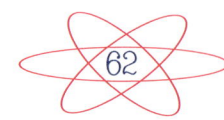

Unidad seis

2. In your copybook, write a reply to the letter on page 62. Don't forget to use the same format and answer all of the questions asked.

6.08 Escucha el CD

Listen to the CD and answer the following questions in English.

Pilar
(a) What age is Pilar? _____
(b) When is her birthday? _____
(c) She is short and slim. True ☐ False ☐
(d) What colour are her eyes and hair? _____
(e) How does she describe herself? _____

Juan
(a) What age is Juan? _____
(b) Are his sisters younger or older than him? _____
(c) How does he describe himself? _____
(d) What pet does he have? _____
(e) How does he describe his pet? _____

Beatriz
(a) Who is Beatriz? _____
(b) How is she described? _____
(c) What colour are her eyes? _____
(d) When is her birthday? _____
(e) What kind of personality has she? _____

Jaime
(a) How is Jaime described? _____
(b) What age is he? _____
(c) When is his birthday? _____
(d) He is described as handsome and hardworking. True ☐ False ☐

sesenta y tres

PRIMER PASO

Deberes

1. Utilizando la ficha personal de Enrique y Rosa, escribe una descripción de cada uno. Using the '**ficha personal**' (personal file) of Enrique and Rosa, write a description of each of them in Spanish in your copybook.

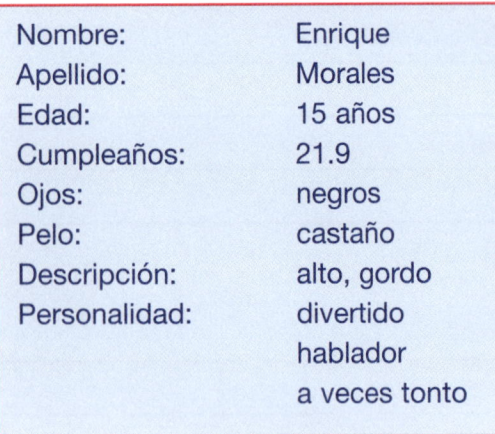

Nombre:	Enrique
Apellido:	Morales
Edad:	15 años
Cumpleaños:	21.9
Ojos:	negros
Pelo:	castaño
Descripción:	alto, gordo
Personalidad:	divertido
	hablador
	a veces tonto

Nombre:	Rosa
Apellido:	Nadal
Edad:	16 años
Cumpleaños:	11.3
Ojos:	verdes
Pelo:	pelirrojo
Descripción:	baja, delgada
Personalidad:	simpática
	inteligente
	a veces tímida

sesenta y cuatro

2. Escribe la forma correcta del adjetivo. Write the correct form of the adjective in brackets.
   (a) Mi hermana es (*delgado*) _____
   (b) Los libros son (*pequeño*) _____
   (c) Mi hermana menor es (*divertido*) _____
   (d) Ana es (*mayor*) _____ que Pedro.
   (e) Los niños son (*triste*) _____
   (f) La profesora es (*simpático*) _____
   (g) Los perros son (*grande*) _____
   (h) Su tía es (*rubio*) _____

3. In your copybook, write a description of your best friend in Spanish – **mi mejor amigo/amiga**. Include his or her name and age, describe his or her family and give a physical description of him or her. Also describe his or her personality.

4. Escribe, en español, los números siguientes. Write the following numbers in Spanish.
   (a) 47 _____
   (b) 28 _____
   (c) 36 _____
   (d) 50 _____
   (e) 35 _____
   (f) 25 _____
   (g) 40 _____
   (h) 49 _____

Ejercicio

Contesta, en español, a las preguntas siguientes. Answer the following questions in Spanish.

- ¿Cuántas personas hay en tu familia?
- ¿Cuándo es tu cumpleaños?
- ¿Cuántos años tiene tu padre?
- ¿Tu madre es alta o baja?
- ¿Tu padre es rubio o moreno?
- ¿Tu hermano es mayor o menor que tú?
- ¿Tienes primos?
- ¿Tienes una mascota en casa?

PRIMER PASO

Te toca a ti... ¿Qué sabes sobre España y el mundo hispánico?

1. In which city would you find '**Las Ramblas**'?
   _____

2. As well as their birthday, what do Spanish people celebrate?
   _____

3. In which city is the '**Palacio de la Alhambra**'?
   _____

4. Where do they celebrate the festival of '**Las Fallas**'?
   _____

5. '**Gallego**' is spoken in which Spanish province?
   _____

6. '**Machu Pichu**' is associated with the
   (a) Incas ☐   (b) Aztecs ☐   (c) Mayas ☐

7. What is the capital of Peru?
   _____

8. '**El Rastro**' is
   (a) an item of clothing ☐   (b) a market ☐
   (c) a dance ☐

9. General Franco died in
   (a) 1973 ☐   (b) 1975 ☐   (c) 1977 ☐

10. Is Toledo north or south of Madrid?
    _____

sesenta y seis

Unidad siete: ¿Hablas español?

En esta unidad vas a aprender...

* How to use the first group of regular verbs.
* Another way of saying 'you'.
* How to say what job a person does.
* How to say 'I like...'.

Venezuela

Regular verbs: -ar verbs

You have already learned some irregular verbs. Now you are going to learn how to deal with the largest group of regular verbs, **–ar** verbs. They are called **–ar** verbs because the infinitive (the part you will find in the dictionary) ends in **–ar**.

To get the present tense of any regular **–ar** verb, take off the **–ar** and add **o, as, a, amos, áis, an**.

hablar - to speak

yo	**hablo**	I speak
tú	**hablas**	you speak
él/ella/usted	**habla**	he/she speaks/ you speak
nosotros/as	**hablamos**	we speak
vosotros/as	**habláis**	you speak
ellos/ellas/ustedes	**hablan**	they speak/ you speak

Nota: As you have already learned, the endings of the verb are very important as they tell you **who** is doing the action.

sesenta y siete 67

PRIMER PASO

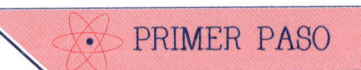

Saying 'you'

You have already learned that, in Spanish, there are two ways of saying 'you':
   Tú – you (singular) and **Vosotros/as** – you (plural)
However, there are two more ways of saying 'you'. This is confusing to start with, but you will soon get used to it with practice.
Usted, often shortened to **ud.**, means you (singular).
Ustedes, often shortened to **uds.**, means you (plural).

You use **tú** and **vosotros** when talking to:
1. People your own age.
2. People you know well, like a family.

You use **usted** and **ustedes** when talking to:
1. People older than you.
2. People you don't know, for example in a shop.
3. People you should have respect for, like a policeman.

As you have already learned, the subject pronouns (**yo**, **tú**, **él**, **ella**, **nosotros/as**, **vosotros/as**, **ellos/ellas**) are not used very often in Spanish. However, the subject pronouns '**usted**' and '**ustedes**' are used more often than the others. This is because, as you can see from the examples given on page 67, '**usted**' takes the same part of the verb as he and she and '**ustedes**' takes the same part of the verb as they.
So you use '**usted**' and '**ustedes**' if there is a possibility that without them someone might think you mean he, she or they.

Ejercicio

1. Escribe los verbos siguientes. Write the following verbs out fully.

estudiar – to study	trabajar – to work	bailar – to dance

Unidad siete

Study these other –ar verbs.

vocabulario

andar	to walk	escuchar	to listen to
bailar	to dance	estudiar	to study
charlar	to chat	mirar	to look at
cantar	to sing	practicar	to do (sport)
comprar	to buy	trabajar	to work

7.01 Escucha el CD

ando  *bailo*  *charlan*  *compra*

escuchamos  *estudio*  *mira*  *practicamos*

trabaja  *cantan*

sesenta y nueve 69

PRIMER PASO

Ejercicios

1. Escribe la forma correcta de los verbos entre paréntesis. Write down the correct form of the verb in brackets.

    (a) Él (*bailar*) _____ en la discoteca.
    (b) Yo (*estudiar*) _____ en el colegio.
    (c) ¿Tú (*charlar*) _____ en la clase?
    (d) Nosotros no (*cantar*) _____ en el instituto.
    (e) Los chicos (*mirar*) _____ la pizarra.
    (f) Nosotros (*hablar*) _____ inglés.
    (g) Mario (*estudiar*) _____ español.
    (h) ¿Vosotros (*estudiar*) _____ francés?
    (i) Yo (*andar*) _____ en el parque.
    (j) ¿Tú (*practicar*) _____ el fútbol?

    vocabulario
en	in
la clase	the class
el instituto	the school
el colegio	the school
la discoteca	the disco
el inglés	English
el francés	French

2. Observa los dibujos siguientes y escribe la forma adecuada de 'you'. Look at the following pictures and say which form of 'you' you would use.

    (a) _____ 
    (b) _____ 
    (c) _____ 
    (d) _____ 
    (e) _____ 
    (f) _____

Unidad siete

3. Completa las frases con el verbo correcto de la lista. From the following list, pick the correct part of the verb to make sense of the sentences.

   estudiamos, bailan, miro, practican, habláis, practica, estudia, bailas

   (a) María _____ en el instituto.
   (b) Los chavales _____ en la discoteca.
   (c) ¿Vosotros _____ inglés?
   (d) Nosotros _____ en la clase.
   (e) Yo _____ la pizarra.
   (f) Mis hermanos _____ el tenis.
   (g) ¿Tú _____ en la discoteca?
   (h) Mi hermana no _____ el fútbol.

7.02 Escucha el CD

Listen to the CD and write down in English what question each person is being asked.

   (a) Mario: _____
   (b) Luis: _____
   (c) Ana: _____
   (d) Rosa: _____
   (e) Elena: _____
   (f) Pedro: _____
   (g) Alejandro: _____
   (h) Paula: _____

Contesta, en español, a las preguntas siguientes. Answer the following questions in Spanish.

* ¿Hablas español/castellano?
* ¿Estudias en el colegio?
* ¿Escuchas música en la clase?
* ¿Bailas en la discoteca?
* ¿Miras la pizarra?
* ¿Estudias inglés?
* ¿Hablas irlandés?
* ¿Tu padre habla español?
* ¿Tu madre habla francés?
* ¿Practicas el fútbol en el colegio?

setenta y uno

PRIMER PASO

Empleos - Some jobs

¿En qué trabaja tu padre/madre? What does your mum/dad work at?

7.03 Escucha el CD

¿En qué trabaja tu padre?
Mi padre es policía.

¿En qué trabaja tu hermano?
Mi hermano es secretario.

En qué trabaja tu madre?
Mi madre trabaja en un banco.

¿En qué trabaja tu tía?
Mi tía es médica.

Nota: In Spanish you do not translate the 'a' when saying someone's job.

You can answer this question in two ways.
1. If the job has a name, you say:
   Mi padre es profesor. My dad is a teacher.
   Mi madre es enfermera. My mum is a nurse.
2. Or you can say:
   Mi padre/madre trabaja en un colegio.   My mum/dad works in a school.

un hospital.	a hospital.
un banco.	a bank.
un garaje.	a garage.
una oficina.	an office.
una fábrica.	a factory.
una tienda.	a shop.
una empresa.	a company.

Nota: 1. Any job can be made feminine by changing the –o to –a, and changing **el** to **la** or, in the case of profesor, by adding **a**.
2. If the job ends in –ista, it is the same for masculine and feminine, just change **el** to **la**.

vocabulario

abogado	solicitor	mecánico	mechanic
ama de casa	housewife	policía	policeman
bombero	fireman	periodista	journalist
fontanero	plumber	recepcionista	receptionist
médico	doctor	secretario	secretary
empleado	employee		

setenta y dos

Unidad siete

Practica con tu compañero/a diciendo en qué trabajan los miembros de tu familia. Practise saying what members of your family work at with your partner. If you do not know what the words for their jobs are, look them up in your dictionary or ask your teacher.

Ejercicios

1. ¿Cómo se dice en español? How do you say the following in Spanish?
   (a) His brother is a journalist.

   (b) Their aunt is a housewife.

   (c) My sister works in a factory.

   (d) Her grandfather works in a hospital.

   (e) Our mother is a solicitor.

   (f) Their brother does not work in a shop.

2. Relaciona la profesión con el lugar. Match up the jobs and the places of work.

1. médico	(a) la casa
2. abogado	(b) el colegio
3. ama de casa	(c) el hospital
4. secretaria	(d) el garaje
5. recepcionista	(e) la oficina
6. empleado	(f) el hotel
7. mecánico	(g) la empresa
8. profesor	(h) el banco

1.	
2.	
3.	
4.	
5.	
6.	
7.	
8.	

7.04 Escucha el CD

Say in English which member of the family is mentioned and what he or she works at.

Family member   **Job**

(a) Luis: _____ _____
(b) Isabel: _____ _____
(c) Pedro: _____ _____
(d) Elena: _____ _____
(e) Enrique: _____ _____
(f) Inma: _____ _____

setenta y tres

PRIMER PASO

¿Qué te gusta? What do you like?

Me gusta... I like...

Escucha el CD

me gusta el fútbol

me gustan las discotecas

me gustan las patatas fritas

me gusta el chocolate

me gusta escuchar música

no me gustan los deberes

The verb **gustar** is used to say you like something. It is an ordinary, regular **–ar** verb, but you only use *two* parts of it, **gusta** and **gustan**. The reason for this is that **gustar** really means 'to please', so when you say, 'I like television' you are actually saying 'television pleases me'.

Study it carefully as it is different from the other verbs you have studied.
1. When you like *one* thing you say.
    Me gusta la televisión. I like television (television pleases me).
2. When you like *more than one* thing you say.
    Me gustan las discotecas. I like discos (discos please me).
3. When you use it with another verb, you use the infinitive of the second verb.
    Me gusta bailar. I like to dance (to dance pleases me).
4. To say you don't like something, simply put **'no'** in front of it.
    No me gusta el tenis. I don't like tennis (tennis does not please me).

setenta y cuatro

Unidad siete

Ejercicio

Escribe debajo de cada cosa si te gusta o no te gusta. Write a sentence underneath each item saying whether you like or dislike it.

(a) _____

(b) _____

(c) _____

(d) _____

(e) _____

(f) _____

It is also important to be able to say what other people like.

me	**gusta/an**	I like	nos	**gusta/an**	we like
te	**gusta/an**	you like	os	**gusta/an**	you like
le	**gusta/an**	you like (with usted)	les	**gusta/an**	you like (with ustedes)
le	**gusta/an**	he/she likes	les	**gusta/an**	they like

setenta y cinco

PRIMER PASO

7.06 Escucha el CD

les gustan los perros

les gusta la Navidad

no le gusta el café

le gusta andar

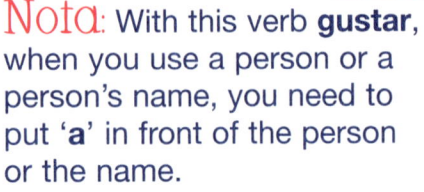

no le gusta estudiar

nos gustan los animales

Nota: With this verb **gustar**, when you use a person or a person's name, you need to put '**a**' in front of the person or the name.
- **A mi hermano le gusta el fútbol**. My brother likes football.
- **A Elena le gusta la televisión**. Elena likes televisión.

Ejercicio

¿Cómo se dice en español? How do you say the following in Spanish?

(a) I like music.

(b) I do not like tennis.

(c) I like animals.

(d) They like chips.

(e) My sister likes dogs.

(f) We like chocolate.

(g) They do not like homework.

(h) Pepe likes school.

(i) The girls like to dance.

(j) She does not like rugby.

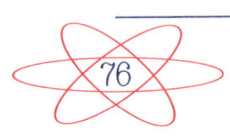

7.07 Escucha el CD - Diálogos

Pablo: ¿A tu madre le gusta bailar en la discoteca?
Jaime: No, a mi madre no le gusta bailar en la discoteca.
Isabel: ¿A tu hermano le gustan las patatas fritas?
Pilar: Sí, a mi hermano le gustan las patatas fritas.

7.08 Escucha el CD

Write down in English what the people say they like or dislike.

(a) _____
(b) _____
(c) _____
(d) _____
(e) _____
(f) _____
(g) _____
(h) _____

Ejercicio

Utilizando la información siguiente haz dos diálogos como los que has oído y escríbelos en tu cuaderno. Using the following information, make up two dialogues like the ones you have just heard and write them into your copybook.

(a) Jaime: abuelo, la música pop
    Enrique: no

(b) Rosa: hermana, la televisión
    Ana: sí

7.09 Escucha el CD

Listen to the conversations and write in English what each person likes or dislikes.

(a) Miguel: _____
(b) Inma: _____
(c) Merche: _____
(d) Felipe: _____
(e) Rafael: _____
(f) Nieves: _____
(g) Mario: _____
(h) Elena: _____

setenta y siete

PRIMER PASO

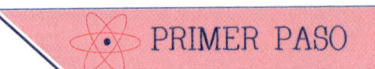

7.90 Escucha el CD

Listen to the following conversations and answer the questions in English.

María
(a) How many people are there in María's family? _____
(b) Are her sisters older or younger than her? _____
(c) What is her dad's job? _____
(d) What pet does she have? _____

Jaime
(a) How many brothers and sisters does Jaime have? _____
(b) What age is his brother? _____
(c) What is his mum's job? _____

Ana
(a) How many people are there in Ana's family? _____
(b) Is her sister older or younger than her? _____
(c) What age is her sister? _____
(d) How does she describe her sister? _____

Juan
(a) How many sisters does Juan have? _____
(b) How does he describe his brother? _____
(c) Where does his brother work? _____

Deberes

1. Escribe el, la, los, las delante de cada sustantivo. Put '**el**', '**la**', '**los**' or '**las**' in front of the following nouns.

    (a) _____ televisión   (b) _____ ordenadores
    (c) _____ patatas fritas   (d) _____ lápices
    (e) _____ música   (f) _____ fábrica
    (g) _____ fútbol   (h) _____ instituto
    (i) _____ tiendas   (j) _____ hospital

setenta y ocho

Unidad siete

2. Escribe la forma correcta de los verbos entre paréntesis. Put the verb in brackets into the correct form.

   (a) Mi madre (*trabajar*) _____ en una tienda.

   (b) Nosotras no (*escuchar*) _____ la música pop en clase.

   (c) Los chicos (*estudiar*) _____ en el instituto.

   (d) Su padre (*ser*) _____ periodista.

   (e) ¿Tú (*trabajar*) _____ en un hospital?

   (f) ¿A tu primo le (*gustar*) _____ las patatas fritas?

   (g) Nosotros (*tener*) _____ un pez en casa.

   (h) ¿Vosotros (*hablar*) _____ español?

   (i) Carmen (*mirar*) _____ la pizarra.

   (j) ¿Te (*gustar*) _____ charlar con tus amigos?

3. Escribe la forma correcta del adjetivo. Write down the correct form of the adjective.

   (a) Mi padre trabaja en una tienda (*pequeño*) _____

   (b) Las chicas están (*triste*) _____

   (c) Los ordenadores son (*grande*) _____

   (d) Mi hermana es (*guapo*) _____

   (e) Sus hermanos (*mayor*) son altos _____

   (f) (*Nuestro*) madre está (*enfermo*) _____

   (g) (*Mi*) abuelos son (*viejo*) _____

   (h) Mi perro es (*joven*) _____

Contesta, en español, a las preguntas siguientes. Answer the following questions in Spanish.

* ¿Te gusta la música pop?
* ¿Te gusta el fútbol?
* ¿Te gustan los deberes?
* ¿A tu hermana le gusta bailar?
* ¿A tu amigo le gusta charlar?
* ¿Te gusta estudiar?
* ¿A tu padre le gusta la televisión?
* ¿Te gustan las patatas fritas?

Ejercicio

In your copybook, write out in Spanish four things you like and four things you do not like. Pick a member of your family and do the same for him or her.

setenta y nueve

PRIMER PASO

Te toca a ti... ¿Qué sabes sobre España y el mundo hispánico?

1. In which Spanish city would you find the '**Puerta del Sol**'?
   _____

2. How many official languages are there in Spain?
   _____

3. Where was King Juan Carlos born?
   _____

4. What are the colours of the Mexican flag?
   _____

5. In which South American country do they speak '**Guaraní**'?
   (a) Chile ☐   (b) Paraguay ☐   (c) Argentina ☐

6. Where is Lake Titicaca?
   _____

7. Lake Titicaca is the highest lake in the world. True ☐   False ☐

8. When do Spanish people celebrate '**La Nochevieja**'?
   _____

9. In an airport, what is the '**recogida de equipaje**'?
   _____

10. When do you say '**feliz cumpleaños**' to a Spanish person?
    _____

Unidad ocho: ¿Qué día es hoy?

En esta unidad vas a aprender....

* The days of the week and how to say what day it is.
* How to say what date it is.
* How to describe some activities you do.
* Two irregular verbs: **ir** – to go and **hacer** – to do/make.

Chile

¿Qué día es hoy?
What day is it today?

8.01 Escucha el CD

| lunes | martes | miércoles | jueves | viernes | sábado | domingo |

8.02

¿Qué día es hoy? — Hoy es lunes.

¿Qué día es hoy? — Hoy es miércoles.

¿Qué día es hoy? — Hoy es viernes.

¿Qué día es hoy? — Hoy es jueves.

Practica los días de la semana. Practise saying the days of the week.

Pregunta a tu compañero, ¿qué día es hoy? Ask your partner what day it is.

Nota: The days of the week are written in Spanish with a small letter.

ochenta y uno 81

PRIMER PASO

¿Qué fecha es hoy?
What date is it today?

Escucha el CD

¿Qué fecha es hoy?
Hoy es el cinco de abril.

¿Qué fecha es hoy?
Hoy es el veinte de septiembre.

¿Qué fecha es hoy?
Hoy es el veintiocho de marzo.

1. Remember that with dates in Spanish you use the cardinal numbers (one, two etc.), except for 'the first', when you can say either **el uno** or **el primero**.
2. Months and days of the week are masculine and are always written with a *small* letter.
3. Notice also in sentences like 'Today is Thursday, the 6th of December' that you do not translate 'the'.
   Hoy es jueves, seis de diciembre.

Practica la pregunta de arriba con tu compañero/a. Practise the question above with your partner.

Ejercicio

¿Cómo se dice en español? How do you say the following in Spanish?

(a) Today is Tuesday.

(b) Today is the 13th of February.

(c) Today is the 15th of October.

(d) Today is Friday.

(e) It is not Saturday today.

(f) Today is Wednesday, the 3rd of November.

82 ochenta y dos

Unidad ocho

8.04 Escucha el CD
Listen to the CD and write down the day and dates you hear in English.

	Day	Date
(a)	_____	_____
(b)	_____	_____
(c)	_____	_____
(d)	_____	_____
(e)	_____	_____
(f)	_____	_____

Two more irregular verbs

Learn these two verbs.

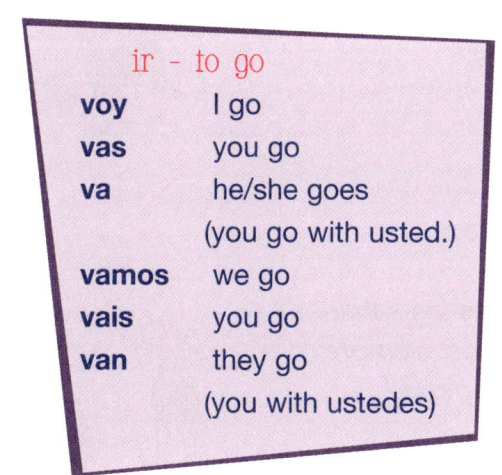

ir - to go
- **voy** — I go
- **vas** — you go
- **va** — he/she goes (you go with usted.)
- **vamos** — we go
- **vais** — you go
- **van** — they go (you with ustedes)

hacer - to do/to make
- **hago** — I do/make
- **haces** — you do/make
- **hace** — he/she does/makes (you do/make with usted.)
- **hacemos** — we do/make
- **hacéis** — you do/make
- **hacen** — they do/make (you do/make with ustedes)

8.05 Escucha el CD

voy al colegio

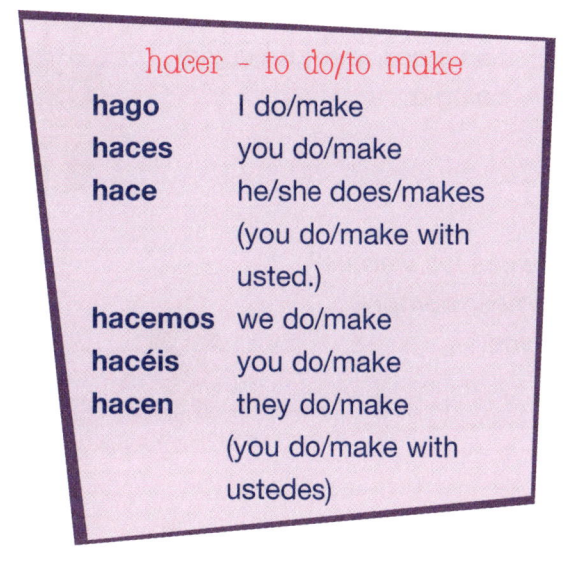

Juan va a clase

María hace los deberes

vamos a Madrid

hago los deberes

ochenta y tres 83

PRIMER PASO

Ejercicio

Escribe la forma correcta del verbo entre paréntesis. Put the verb in brackets into the correct form.

(a) Tú (*ir*) _____
(b) Enrique y Manolo (*ir*) _____
(c) Ella (*hacer*) _____
(d) Yo (*hacer*) _____
(e) Nosotros (*ir*) _____
(f) Vosotros (*ir*) _____
(g) Juan (*hacer*) _____
(h) Yo (*ir*) _____
(i) ¿Usted. (*ir*) _____ ?
(j) Ellos (*hacer*) _____

¿Qué haces durante la semana?
What do you do during the week?

Escucha el CD

¿Qué haces los lunes?
Los lunes, siempre voy al colegio.

¿Qué haces los martes?
Los martes, hago los deberes.

¿Qué haces los viernes?
Los viernes, siempre voy al cine.

¿Qué haces los sábados?
Los sábados, siempre hago deporte.

vocabulario

hacer las compras	to do the shopping
hacer deporte	to do sport
hacer una excursión	to go on a trip
ir	to go
al colegio	to school
al cine	to the cinema
al centro comercial	to the shopping centre
a la iglesia	to church
a la piscina	to the swimming pool
a la bolera	to the bowling alley
a las tiendas	to the shops
nadar	to swim
siempre	always

ir a... - to go to...

Because there are four ways to say 'the', there are four ways to say 'to the'.
- **a with el** becomes **al**.
- There is no change with the other three, so you can say, **a la, a los, a las,** as you can see from the examples on the left.

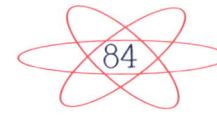

ochenta y cuatro

Unidad ocho

If you want to be more precise about when you do something, you can say…
- on Saturday night – el sábado por la noche
- on Sunday morning – el domingo por la mañana
- on Monday afternoon – el lunes por la tarde
- on Tuesday nights – los martes por la noche
- on Wednesday mornings – los miércoles por la mañana
- on Thursday nights – los jueves por la noche

Nota:
- el sábado – on Saturday
- los sábados – on Saturdays

'On' with the day of the week is translated by either **el** or **los**.

Ejercicio

¿Cómo se dice en español? How do you say the following in Spanish?

(a) On Monday I go to school.

(b) On Saturdays we always go shopping.

(c) On Friday nights my brother goes to the cinema.

(d) On Wednesday afternoons I go to the shopping centre.

(e) On Saturdays we always play sport.

(f) On Thursday nights I swim in the swimming pool.

(g) On Sunday mornings my family goes to church.

(h) On Tuesday morning my mother goes to the shops.

…al cine    *…a la piscina*    *…a la iglesia*

ochenta y cinco

PRIMER PASO

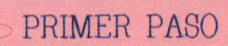

8.07 Escucha el CD

Write down in English what each person is doing and on which day.

	Day	Activity
(a) María:		
(b) Pablo:		
(c) Miguel:		
(d) Javier:		
(e) Rosa:		
(f) Nieves:		
(g) Raúl:		
(h) Isabel:		

Contesta, en español con una frase completa, a las preguntas siguientes. Answer the following questions with a full sentence.

* ¿Qué haces los sábados por la mañana?
* ¿Qué haces los domingos por la mañana?
* ¿Qué haces los viernes por la noche?
* ¿Qué haces los lunes por la mañana?
* ¿Qué haces los jueves por la noche?
* ¿Qué haces los miércoles por la tarde?
* ¿Qué haces los martes por la tarde?
* ¿Qué haces los fines de semana?

8.08 Escucha el CD

Listen to the CD and answer the following questions in English.

Elena

(a) What age is Elena?

(b) What three activities does she like?

(c) When does she play hockey?

(d) What does she do on Saturday mornings?

(e) When does she have her aerobics class?

ochenta y seis

Unidad ocho

Jaime

(a) When does Jaime play sport in school?
_____

(b) On which days does he play rugby?
_____

(c) What does he do on Sunday afternoons?
_____

(d) When does he like to go to the cinema?
_____

(e) What does he not have much time for?
_____

Puri

(a) What does Puri like?
_____

(b) When does she have a music lesson?
_____

(c) What instrument does she play?
_____

(d) What does she do on Thursdays?
_____

(e) When does she listen to her CDs?
_____

Deberes

1. Escribe la forma correcta del verbo entre paréntesis. Put the verbs in brackets into the correct form.

   (a) Los chavales (*ir*) _____ a la bolera.

   (b) Mi madre (*ir*) _____ al centro comercial.

   (c) A veces yo (*hacer*) _____ deporte el viernes.

   (d) Nosotros (*bailar*) _____ en la discoteca.

   (e) Mi padre (*trabajar*) _____ en una oficina.

   (f) Mis amigos y yo (*ir*) _____ a la piscina.

   (g) ¿Tú (*hacer*) _____ las compras los fines de semana?

   (h) A veces mi hermano no (*hacer*) _____ los deberes.

   (i) Las chicas (*escuchar*) _____ música pop.

   (j) Los domingos yo (*ir*) _____ a la iglesia.

ochenta y siete

PRIMER PASO

2. Relaciona las frases y los dibujos. Match up the sentences and the pictures.

   1. Voy a la bolera. (a)

   2. Mi hermana va al centro comercial (b)

   3. Mi padre va a la oficina. (c)

   4. Vamos a la discoteca. (d)

   5. ¿Vas al cine? (e)

   6. Los chicos van a la piscina. (f)

   1. _____ 2. _____ 3. _____
   4. _____ 5. _____ 6. _____

ochenta y ocho

3. Read these descriptions and, in English, answer questions that follow.

Hola, me llamo Merche. Tengo dos hermanos y una hermana. Mi padre es profesor. Hago muchas actividades. Los lunes voy a una clase de baile. Los miércoles me gusta ir a la bolera con mis amigos. Los sábados siempre voy al centro comercial para hacer las compras.

Hola, me llamo Rosa. Tengo un hermano y no tengo hermanas. Mi madre trabaja en un banco y mi padre es fontanero. Los martes hago deporte en el instituto. Los jueves, a veces me gusta ir al cine. Los domingos después de hacer los deberes voy a la bolera.

Hola, me llamo Pepe. Tengo un hermano y una hermana. Mi padre trabaja en un banco y mi madre es profesora. Los lunes practico el fútbol, los jueves tengo una clase de música. Los sábados, siempre voy al cine con mis amigos.

(a) Whose mother works in a bank? _____
(b) Who goes to dance class on Mondays? _____
(c) Who does not have sisters? _____
(d) Who likes to go to the cinema on Thursdays? _____
(e) Whose mother is a teacher? _____
(f) What does Pepe do on Mondays? _____
(g) What day does Merche like to go to the bowling alley? _____
(h) What does Rosa do before she goes to the bowling alley? _____
(i) What does Rosa's father work at? _____
(j) What day does Rosa sometimes go to the cinema? _____

Contesta, en español, a las preguntas siguientes. Answer the following questions in Spanish.
* ¿Qué hace tu hermano los sábados?
* ¿Tu madre va al centro comercial los lunes?
* ¿Vas a la bolera con tus amigos?
* ¿Te gusta ir al cine?
* ¿A tu hermano le gusta el fútbol?
* ¿Te gusta bailar en la discoteca?
* ¿A tu hermana le gusta hacer las compras?
* ¿A tus amigos les gustan las patatas fritas?

PRIMER PASO

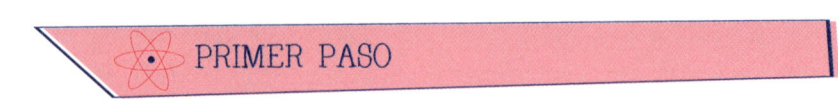

Ejercicio

Abajo tienes la agenda de un amigo/a. Escribe, en tu cuaderno, con frases completas lo que hace tu amigo/a cada día. A page of a friend's diary for a week is shown below. In your copybook, write out fully what your friend does each day.

Lunes	ir al colegio – siempre
Martes	ir a la casa de mi amigo/a
Miércoles	hacer deporte
Jueves	ir al cine – a veces
Viernes	bailar en la discoteca – a menudo *(often)*
Sábado	ir al centro comercial – con amigos/as
Domingo	hacer los deberes – casi siempre *(almost always)*

Crucigrama

Completa el crucigrama con las pistas de abajo. Complete the crossword below.

Across
1. school
4. factory
6. bowling alley
7. disco
10. pool
11. garage

Down
2. office
3. bank
5. class
8. shop
9. cinema

90 noventa

Te toca a ti... ¿Qué sabes sobre España y el mundo hispánico?

1. From which South American country is the writer Isabel Allende?
   _____

2. When were the Olympics held in Spain?
   _____

3. What is the colour of the Argentinian flag?
   _____

4. With which countries do you associate the **Mayas**?
   _____

5. What does '**Salida**' mean?
   _____

6. What drink is produced in Asturias?
   _____

7. Where is the singer Shakira from?
   _____

8. What would you buy in the '**Oficina de Correos**'?
   _____

9. When did Christopher Columbus discover The New World?
   _____

10. What are '**quinielas**'?
    _____

noventa y uno

Unidad nueve: Tu casa

En esta unidad vas a aprender...

* How to use **–er** and **–ir** verbs.
* How to talk about where you live.
* Another use for **estar**.
* How to describe your house and room.

Equador

Regular verbs: -er and -ir verbs

–er and **–ir** verbs follow the same rules as **–ar** verbs, but the endings are slightly different. Study them carefully so that you will not get them mixed up.

-er verbs

To get the present tense of an **–er** verb, take off the –er and add **o, es, e, emos, éis, en**.

aprender - to learn

yo	**aprendo**	I learn
tú	**aprendes**	you learn
él/ella/usted	**aprende**	he/she learns/you learn
nosotros/as	**aprendemos**	we learn
vosotros/as	**aprendéis**	you learn
ellos/ellas/ ustedes	**aprenden**	they/you learn

vocabulario

beber	to drink
coger *	to catch
comer	to eat
leer	to read
poner *	to put
vender	to sell

The verbs marked with an asterisk* are irregular, but in the present tense they are irregular *only* in the *first person singular*, i.e. the **yo** part: **cojo** – I catch, **pongo** – I put.

9.01 Escucha el CD

bebo Coca-cola

lee un libro

cojo el autobús

Unidad nueve

comemos chocolate

mi padre vende ordenadores

pongo el libro en la mesa

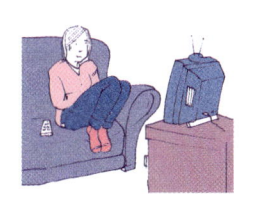

veo la televisión

Ejercicios

1. Escribe los verbos siguientes en el presente. Write the following verbs in the present tense.

beber – to drink	coger – to catch	leer – to read

2. Completa las frases con el verbo correcto de la lista abajo. Choose the correct verb from the following list to make sense of the sentences below.

comemos, leo, ven, bebo, aprendes, como, leemos, veo

(a) ¿Tú _____ castellano?

(b) Yo _____ un libro inglés.

(c) Ellos _____ la televisión.

(d) Nosotros _____ las patatas fritas.

(e) Yo _____ Coca-cola.

(f) Nosotros _____ un libro español.

(g) Yo no _____ chocolate.

(h) Yo _____ la televisión.

noventa y tres

PRIMER PASO

¿Qué hace? ¿Qué hacen? Say what each person is doing.

(a) _____

(b) _____

(c) _____

(d) _____

(e) _____

(f) _____

-ir verbs

The last group of regular verbs is **-ir** verbs. They follow the same pattern as other regular verbs, but the endings are slightly different.

To get the present tense of an **-ir** verb, take off the **-ir**, and add **o, es, e, imos, ís, en**.

vivir - to live

yo	**vivo**	I live
tú	**vives**	you live
él/ella/usted	**vive**	he/she lives/you live
nosotros/as	**vivimos**	we live
vosotros/as	**vivís**	you live
ellos/ellas/ustedes	**viven**	they/you live

vocabulario

describir	to describe
escribir	to write
recibir	to receive
salir*	to go out

* Salir is irregular, but it is only irregular in the first person singular, i.e. the **yo** part: **salgo** – I go out.

94 noventa y cuatro

Unidad nueve

Ejercicios

1. Escribe los verbos siguientes en el presente. Write the following verbs in the present tense.

escribir – to write	recibir – to receive	salir – to go out

2. Completa las frases con el verbo correcto de la lista siguiente. Choose the correct verb from the following list to make sense of the sentences below.

salgo, escribimos, vives, escribe, salimos, viven, vivo, escribís

(a) Nosotros _____ en el cuaderno.

(b) ¿Tú _____ en Dublín?

(c) Yo no _____ en Madrid.

(d) Miguel _____ a su amigo por correspondencia.

(e) Mis abuelos _____ en Madrid.

(f) Nosotros _____ los sábados.

(g) ¿Vosotros _____ a vuestros primos?

(h) Yo no _____ los jueves.

9.02 Escucha el CD

What question is each person being asked?

(a) _____

(b) _____

(c) _____

(d) _____

(e) _____

(f) _____

(g) _____

(h) _____

noventa y cinco 95

PRIMER PASO

¿Dónde vives? Where do you live?

¿Dónde vives? — Vivo en Dublín.

¿Dónde vives? — Vivo en una casa.

¿Dónde vives? — Vivo en un apartamento.

¿Dónde vives? — Vivo en el campo.

¿Dónde vives? — Vivo en las afueras.

vocabulario

en una casa	in a house
en un apartamento	in an apartment
en un piso	in a flat
en la ciudad	in the city
en la calle Jordana	in Jordana St.
en la avenida Real	in Real Avenue
en el centro de la ciudad	in the city centre
en las afueras	in the suburbs
en el barrio de...	in the area of...
en el campo	in the country
en un pueblo	in a town
en una aldea	in a village
en el condado de...	in County...
cerca del mar	near the sea

Practica esta pregunta con tu compañero/a. Practise the question ¿Dónde vives? with your partner.

noventa y seis

Unidad nueve

9.04 Escucha el CD

Write down in English where the following people live.

(a) Mario: _____   (b) Miguel: _____

(c) Elena: _____   (d) Paula: _____

(e) Pablo: _____   (f) Enrique: _____

(g) Isabel: _____ (h) Rosa: _____

9.05

Escucha a Jaime y a Rosa describiendo sus casas. Listen to Jaime and Rosa describing their homes.

Soy Jaime, vivo en el campo. Mi casa es grande, hay tres pisos. En la planta baja está la cocina, el salón, el comedor, la sala de estar, y el lavadero.

En la segunda planta, hay cuatro dormitorios: el dormitorio de mis padres, el dormitorio de mi hermana, el cuarto de huéspedes y mi dormitorio. También hay dos cuartos de baño.

En la tercera planta está el desván.

También tenemos un garaje donde está el coche de mis padres.

Tenemos un jardín donde practico el fútbol con mis amigos. En el jardín hay árboles, muchas flores y una terraza.

vocabulario

arriba	upstairs
abajo	downstairs
la planta baja	the ground floor
la primera planta	the first floor
la segunda planta	the second floor
la tercera planta	the third floor
la cocina	the kitchen
el salón	the sitting room
la sala de estar	the living room
el comedor	the dining room
el lavadero	the utility room
el pasillo	the corridor
la oficina	the office
el despacho	the study
la puerta principal	the front door
el dormitorio	the bedroom
la habitación	the bedroom
el cuarto de baño	the bathroom
el cuarto de huéspedes	the guest room
el desván	the attic
la terraza	the balcony/patio/terrace
el jardín	the garden
la flor	the flower
el árbol	the tree
bastante	fairly

noventa y siete 97

PRIMER PASO

Me llamo Rosa, vivo en Madrid en un piso con mis padres. El piso es bastante pequeño. Hay una cocina, un salón, un comedor y dos dormitorios: el dormitorio de mis padres y mi dormitorio. Hay también un cuarto de baño. No tenemos jardín, pero tenemos una terraza donde charlo con mis amigas.

Vivo cerca del parque de El Retiro, adonde voy con mis amigas los fines de semana.

Escucha el CD

Listen to these four people describing their homes and answer the questions in English.

Raúl
(a) Where does Raúl live? _____
(b) What rooms are downstairs? _____
(c) How many bedrooms are there? _____
(d) What room do they not have? _____
(e) What do they have on their patio? _____
(f) What does their mother do there? _____

Antonio
(a) Where does Antonio live? _____
(b) What rooms do they have? _____
(c) What do they not have? _____
(d) What pet does Antonio have? _____

Mónica
(a) Where does Mónica live? _____
(b) How many people are there in her family? _____
(c) Name the rooms downstairs. _____
(d) How many bathrooms do they have? _____
(e) What pets do they have? _____

Luis
(a) Where does Luis live? _____
(b) Their apartment is small. True ☐   False ☐
(c) Where does he study? _____
(d) Who lives with them? _____

noventa y ocho

Unidad nueve

Ejercicio

1. Describe esta casa en tu cuaderno. Describe this house in your copybook.

¿Qué hay en tu casa?
What is there in your house?

vocabulario

los muebles	the furniture	el frigo	the fridge
la silla	the chair	la cama	the bed
la mesa	the table	un DVD	the DVD
la butaca	the armchair	el lavabo	the washhand basin (toilet)
el sofá	the sofa		
el grifo	the tap	el armario	the wardrobe
la cocina eléctrica	the cooker	el tocador	the sideboard
la lámpara	the lamp	una estantería	the set of shelves
la nevera	the fridge	el estante	the shelf
el televisor	the television	la mesa de noche	the bedside table
el aseo	the toilet	el baño	the bath
la mesilla	the small table	la ducha	the shower
los cuadros	the pictures	las cortinas	the curtains
el techo	the ceiling	la pared	the wall
el tejado	the roof	el balcón	the balcony
la escalera	the stairs	el sótano	the basement
el ascensor	the lift	el suelo	the floor

noventa y nueve 99

PRIMER PASO

Ejercicios

1. Utilizando las palabras en la página 99, contesta, en español a las preguntas siguientes. Using the vocabulary on page 99, answer the questions below in Spanish.

    (a) ¿Qué hay en la cocina?

    En la cocina hay _____
    _____
    _____
    _____
    _____

    (b) ¿Qué hay en el salón?

    En el salón hay _____
    _____
    _____
    _____
    _____

    (c) ¿Qué hay en el cuarto de baño?

    En el cuarto de baño hay _____
    _____
    _____
    _____
    _____

    (d) ¿Qué hay en el dormitorio?

    En el dormitorio hay _____
    _____
    _____
    _____
    _____
    _____

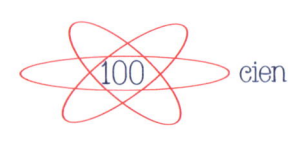

cien

Unidad nueve

2. Pilla el intruso. Pick the odd one out.

(a) ducha, nevera, aseo, grifo _____

(b) cama, cortinas, estantes, ducha _____

(c) butaca, televisor, cocina eléctrica, sofá _____

(d) nevera, grifo, aseo, mesa _____

¿Dónde está tu casa?
Where is your house?

Nota:
In Spanish, when you say where something is, you must use **estar**. **Mi casa está en Dublín**. My house is in Dublin.

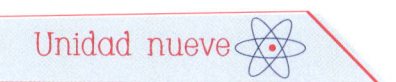

vocabulario

al lado de	beside
al final de	at the end of
cerca de	near
delante de	in front of
detrás de	behind
enfrente de	opposite
lejos de	far from

9.07 Escucha el CD

¿Dónde está tu casa?
Mi casa está cerca del colegio.

¿Dónde está tu casa?
Mi casa está lejos del instituto.

¿Dónde está tu casa?
Mi casa está al final de la calle.

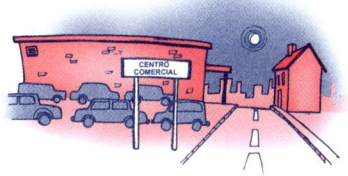

¿Dónde está tu casa?
Mi casa está enfrente del centro comercial.

¿Dónde está tu casa?
Mi casa está detrás de la bolera.

Practica la pregunta de arriba con tu compañero/a. Practise the question above with your partner.

ciento uno 101

PRIMER PASO

Ejercicio

¿Dónde están? Look at the picture below and then, in your copybook, write in Spanish where the house is in relation to the other buildings, using as many of the expressions on page 101 as possible.

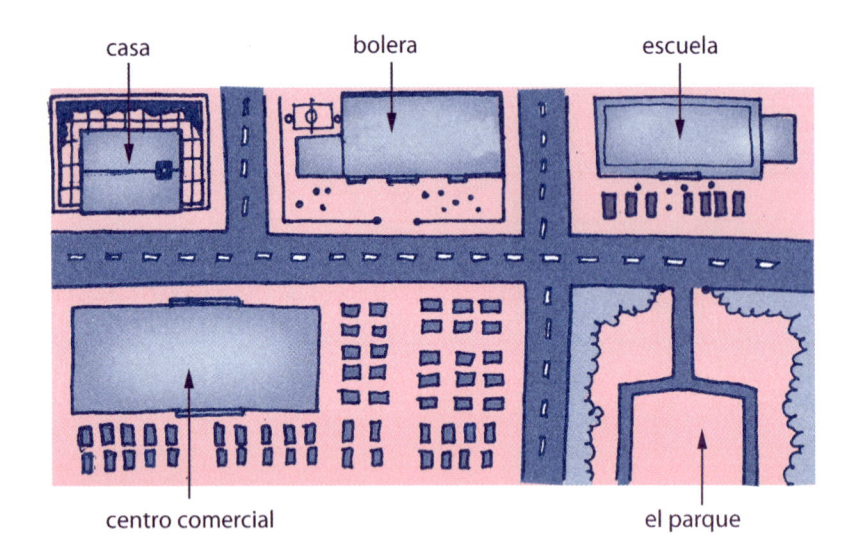

casa   bolera   escuela

centro comercial   el parque

Escucha el CD

Write down in English where these people live.

(a) Alejandro: _____   (b) Pilar: _____

(c) Miguel: _____   (d) Penélope: _____

(e) Raúl: _____   (f) Ana: _____

(g) Paco: _____   (h) Sofía: _____

Deberes

1. Escribe la forma correcta del verbo entre paréntesis. Put the verb in brackets into the correct form.

   (a) Nosotros (*aprender*) _____ español.

   (b) Yo (*salir*) _____ con mis amigos los viernes.

   (c) Mario (*beber*) _____ Coca-cola.

   (d) Nosotros (*recibir*) _____ una carta.

   (e) ¿Dónde (*vivir*) _____ usted?

   (f) Las chicas (*escribir*) _____ el ejercicio.

   (g) Yo (*leer*) _____ un libro.

   (h) Nosotros (*vivir*) _____ cerca del parque.

   (i) Nosotros no (*salir*) _____ durante la semana.

   (j) ¿Dónde (*vivir*) _____ vosotros?

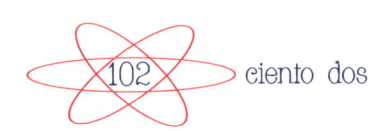

Unidad nueve

2. Escribe la forma correcta de ser o estar. Write the correct part of '**ser**' or '**estar**' in the following sentences.

Nota: In general, ser is used for **who** and **what** and estar for **where** and **how**.

(a) María _____ guapa.
(b) Su abuelo _____ inglés.
(c) Mi casa _____ en las afueras.
(d) Mis hermanos _____ bien.
(e) Yo _____ en la clase.
(f) ¿Dónde _____ tus libros?
(g) Su madre _____ contenta.
(h) Mi instituto _____ grande.
(i) ¿Cómo _____ usted?
(j) Mi cuaderno _____ en casa.

3. ¿Dónde están? From their positions in the picture, finish the sentences below saying where each animal is in relation to the house.

(a) El perro está _____
(b) El caballo está _____
(c) Los gatos están _____
(d) Los pájaros están _____
(e) Las vacas están _____

4. In your copybook, write a description of '**la casa de mis sueños**' the house of my dreams.

5. Contesta, en español, a las preguntas siguientes. Answer the following questions in Spanish.

✱ ¿Dónde vives?
✱ ¿Cómo es tu casa?
✱ ¿Qué hay en la planta baja?
✱ ¿Qué hay arriba?
✱ ¿Qué hay en tu dormitorio?
✱ ¿Tu casa está cerca o lejos de la escuela?
✱ ¿Qué hay en tu barrio (area)?
✱ ¿Cómo es tu jardín?

6. In your copybook, write a letter in Spanish to your pen-pal describing your house and garden and mentioning what facilities there are in your area (barrio).

ciento tres

PRIMER PASO

7. Read the advertisements for houses and apartments for sale and for rent below and answer the questions that follow.

A.

SE VENDE

Casa de cuatro habitaciones, salón, dos cuartos de baño, cocina, comedor, Cerca del centro comercial.

B.

SE VENDE

Casa de dos dormitorios, un cuarto de baño, cocina, sala de estar. Aire acondicionado. Cerca del centro de la ciudad.

C.

SE ALQUILA

Piso en planta baja, de dos dormitorios, comedor, cocina, cuarto de baño. Aire acondicionado.

D.

SE ALQUILA

Casa de tres dormitorios, salón, cocina muy grande, dos cuartos de baño, garaje. Cerca de los institutos.

E.

SE VENDE

Apartamento en planta baja, cocina grande, salón, dos habitaciones, cuarto de baño. Está en un barrio tranquilo.

F.

SE ALQUILA

Casa de dos dormitorios, salón, dos cuartos de baño, cocina renovada, buen precio. Cerca del centro comercial.

(a) Which advertisement offers a house for sale with two bedrooms and air conditioning?
_____

(b) Which advertisement offers a house to rent with a big kitchen and a garage? _____

(c) Which advertisement offers an apartment for sale on the ground floor with two bedrooms in a quiet area?
_____

(d) Which advertisement offers an apartment for rent on the ground floor with air conditioning?
_____

(e) Which advertisement offers a house for sale with four bedrooms, near the shopping centre?
_____

(f) Which advertisement offers a house for rent with a renovated kitchen? _____

(g) Which advertisement offers an apartment with a very big kitchen? _____

(h) Which advertisement offers a house near the city centre? _____

vocabulario

se vende	for sale
se alquila	to rent
casa piloto	show house
piso piloto	show flat

Te toca a ti... ¿Qué sabes sobre España y el mundo hispánico?

1. Where are the Balearic Islands?
   _____

2. Where would you see a '**matador**'?
   _____

3. What is the national airline of Spain called?
   _____

4. Why would you need to ask for the '**libro de reclamaciones**' in a shop or restaurant?
   _____

5. Gibraltar belongs to Spain.
   True ❏   False ❏

6. Which sport does Sergio García play?
   _____

7. What is the '**Guardia Civil**'?
   _____

8. Who is the patron saint of Spain?
   _____

9. Where are the Andes Mountains?
   _____

10. What is the '**Ayuntamiento**'?
    _____

Unidad diez: ¿Qué hora es?

En esta unidad vas a aprender...

* How to tell the time in Spanish.
* How to use reflexive verbs.
* How to talk about your daily routine.
* Meals and some food.

Cuba

¿Qué hora es? What time is it?

It is important to be able to tell the time in Spanish, study the diagram below and study the notes.

1. Always start with the hour.
   Es la una = it is 1:00
   but
   Son las dos = it is 2:00
   Son las tres = it is 3:00
2. **y** = past and **menos** = to.
   Son las tres y cinco = it is five past three or it is 3:05.
   Son las cinco menos diez = it is ten to five or it is 4:50 (you are really saying five minus ten).

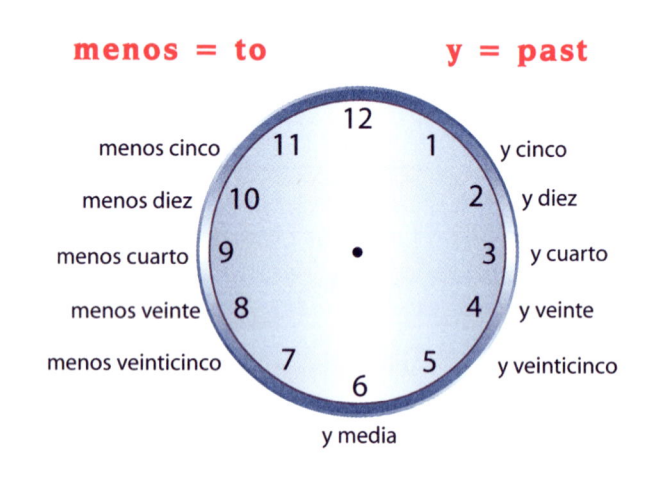

menos = to   **y = past**

menos cinco — y cinco
menos diez — y diez
menos cuarto — y cuarto
menos veinte — y veinte
menos veinticinco — y veinticinco
y media

Escucha el CD

es la una

son las dos

son las tres y cinco

son las tres y cuarto

son las tres y media

son las cuatro menos veinte

son las cuatro menos cuarto

son las cuatro menos diez

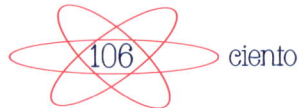

Unidad diez

Ejercicios

1. ¿Qué hora es?

(a) _____

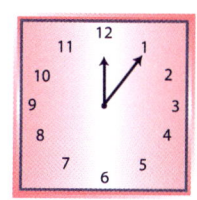

(b) _____

(c) _____

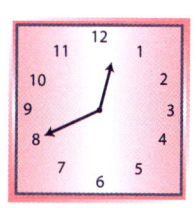

(d) _____

(e) _____

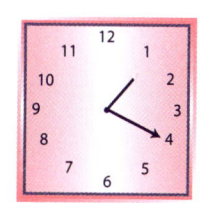

(f) _____

(g) _____

(h) _____

(i) _____

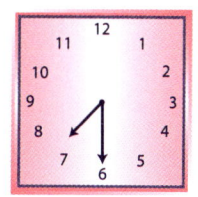

(j) _____

(k) _____

(l) _____

ciento siete 107

PRIMER PASO

vocabulario

a la una	at 1:00
a las dos	at 2:00
a mediodía	at midday
a medianoche	at midnight
de la mañana	a.m.
de la tarde	p.m.
de la noche	p.m.
son las tres y pico	it's after 3:00
a eso de las diez	at about 10:00
en punto	exactly

Nota: Notice the difference between…
- Por la mañana – In the morning
- De la mañana – a.m. (after an exact time)

2. Escribe las horas siguientes. Write out the following times.

(a) It is 10.05. _____

(b) At 5.30. _____

(c) At 1.20. _____

(d) It is 6.35. _____

(e) At 7.00 a.m. _____

(f) It is 10.15 p.m. _____

(g) At about 9.20. _____

(h) It is 12.45. _____

(i) It's after 6.00. _____

(j) At 4.25 p.m. _____

Escucha el CD

Listen to the CD and write down what time it is.

(a) _____   (b) _____
(c) _____   (d) _____
(e) _____   (f) _____
(g) _____   (h) _____
(i) _____   (j) _____
(k) _____   (l) _____
(m) _____   (n) _____

Unidad diez

Reflexive verbs

A reflexive verb is a verb where the action **reflects** back onto the subject, e.g. I wash **myself**, he shaved **himself**. In Spanish, a reflexive verb has **se** at the end of the infinitive.

To get the present tense of a reflexive verb, follow the steps below (e.g. say 'I wash myself' from the verb **lavarse**):

1. Take off the **se** from the end (lavarse).
2. Change the **se** into one of the reflexive pronouns – **me**, **te**, **se**, **nos**, **os**, **se** – depending on who is doing the action (lavarme).
3. Put the reflexive pronoun before the verb (lavarme = me lavar).
4. Take off the **ar**, **er** or **ir** and add the appropriate endings for the present tense (me lav**o**).

lavarse - to wash oneself

yo	**me lavo**	I wash myself
tú	**te lavas**	you wash yourself
él	**se lava**	he washes himself
ella	**se lava**	she washes herself
usted	**se lava**	you wash yourself
nosotros/as	**nos lavamos**	we wash ourselves
vosotros/as	**os laváis**	you wash yourselves
ellos	**se lavan**	they wash themselves
ellas	**se lavan**	they wash themselves
ustedes	**se lavan**	you wash yourselves

- To make a reflexive verb negative just put 'no' in front of the verb.
  Me lavo – I wash myself
  No me lavo – I do not wash myself

10.3 Escucha el CD

me levanto

se ducha

se afeita

nos relajamos

se ponen sus uniformes

vocabulario

levantarse	to get up
ducharse	to have a shower
afeitarse	to shave
relajarse	to relax
ponerse	to put on/ to become

ciento nueve 109

PRIMER PASO

Ejercicios

1. Escribe estos verbos reflexivos en el presente. Put these reflexive verbs into the present tense.

levantarse – to get up	ducharse – to have a shower	ponerse – to put on

2. Escribe la forma correcta de los verbos entre paréntesis. Put the verbs in brackets into the correct form.

   (a) María (*levantarse*) _____ a las ocho.
   (b) Nosotros (*relajarse*) _____ los fines de semana.
   (c) Mi padre (*afeitarse*) _____ en el cuarto de baño.
   (d) Yo (*levantarse*) _____ a las siete y media.
   (e) Mi hermana (*ponerse*) _____ nerviosa.
   (f) Los chicos (*lavarse*) _____ siempre.
   (g) ¿A qué hora tú (*levantarse*) _____ ?
   (h) Yo (*relajarse*) _____ cuando veo la televisión.

3. ¿Qué hace? ¿Qué hacen? Write a verb in Spanish to describe the actions below.

   (a) _____
   (b) _____
   (c) _____
   (d) _____
   (e) _____
   (f) _____
   (g) _____
   (h) _____

Mi rutina diaria - My daily routine

Escucha a Jaime, nos describe su rutina diaria. Listen to Jaime as he tells us about his daily routine.

En general me levanto a eso de las siete de la mañana. Me ducho en el cuarto de baño, entonces me pongo mi uniforme en mi habitación.
Después voy a la cocina donde tomo el desayuno.

A las ocho cojo el autobús para ir al colegio. Normalmente llego a las ocho y media. Algunas veces charlo con mis amigos. Voy a la primera clase a las nueve. Hay un recreo a las diez y media. Cada clase dura cuarenta y cinco minutos.

A la una tomo el almuerzo en la cafetería. Otra vez charlo con mis compañeros. A las dos regreso a la clase hasta las cuatro menos cuarto.

Después del colegio regreso a casa. Hago los deberes hasta las ocho cuando ceno con mi familia.

Entonces me relajo, de vez en cuando veo la televisión o leo un libro. Nunca salgo durante la semana.
Normalmente voy a la cama a las once.

vocabulario

en general	generally	entonces	then
el uniforme	the uniform	después	afterwards
tomar	to take	el desayuno	breakfast
el autobús	the bus	para	in order to
llegar	to arrive	ir a pie	to walk
normalmente	usually	algunas veces	sometimes
el recreo	break	cada	each
durar	to last	el almuerzo	lunch
la cafetería	the cafeteria	regresar	to return
otra vez	again	los compañeros	friends
después de	after	hasta	until
cenar	to have evening meal	de vez en cuando	sometimes
nunca	never	durante	during

ciento once 111

PRIMER PASO

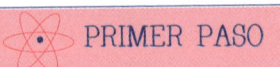

Escucha el CD

Listen to Miguel and Luisa describing their daily routine and answer the questions in English.

Miguel

(a) What time does Miguel get up? _____

(b) What does he do next? _____
_____

(c) What time does he go to school? _____

(d) How does he go to school? _____
_____

(e) What time is there a break? _____

(f) When he arrives home, what does he do first? _____
_____

(g) What does he do next? _____
_____

(h) What time does his father arrive home? _____

(i) What does he do sometimes? _____
_____

Luisa

(a) What time does Luisa get up? _____

(b) How does she go to school? _____

(c) What time does she have lunch? _____

(d) What does she sometimes eat? _____
_____

(e) What *two* days does she play sports? _____
_____

(f) What time does she usually return home? _____

(g) What does she do when she returns home? _____
_____

(h) What time does she go to bed? _____

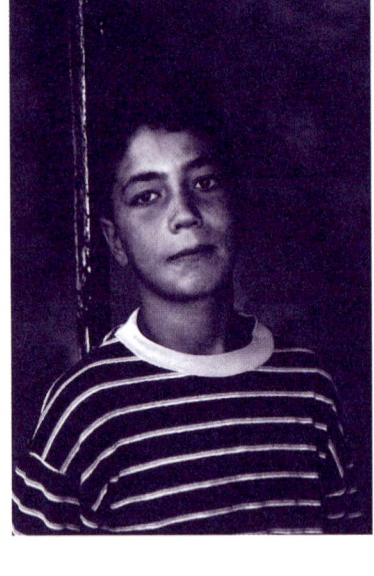

Unidad diez

Ejercicios

1. Relaciona los verbos españoles y los verbos ingleses. Match up the English and Spanish verbs

1. Me levanto.	(a) I have dinner with my family.	1.	
2. Voy a la cama.	(b) I study.	2.	
3. Charlo con mis amigos.	(c) I walk.	3.	
4. Regreso a casa.	(d) I get up.	4.	
5. Estudio.	(e) I play sport.	5.	
6. Voy a pie.	(f) I chat with my friends.	6.	
7. Hago deporte	(g) I go to bed.	7.	
8. Ceno con mi familia.	(h) I return home.	8.	

2. Pepe's 'rutina diaria' is written below. In your copybook, write out an account of Pepe's daily routine using as many words as you can. Make sure to write the times out fully.

Por la mañana
- **7:30** levantarse
- **8:00** ir al colegio en tren
- **8:20** llegar al colegio
- **11:00** el recreo
- **1:00** el almuerzo en la cafetería con Raúl y Enrique

Por la tarde
- **5:15** regresar a casa
- **7:00** los deberes
- **7:45** cenar con mi familia
- **9:30** ver la televisión
- **10:25** ir a la cama

Contesta, en español, a las preguntas siguientes. Answer the following questions in Spanish.

* ¿A qué hora te levantas?
* ¿Dónde te lavas?
* ¿A qué hora sales de casa?
* ¿A qué hora llegas al colegio?
* Cuando llegas al colegio, ¿qué haces?
* ¿A qué hora es la primera clase?
* ¿A qué hora hay recreo?
* ¿Dónde tomas el almuerzo?
* ¿A qué hora regresas a casa?
* ¿A qué hora cenas?
* Después de la cena, ¿qué haces?
* ¿A qué hora vas a la cama?

ciento trece 113

PRIMER PASO

La comida - Food

One of the nicest things about going to another country is discovering new tastes and ways to eat food. You will not be disappointed in Spain, the choice and variety is huge, so huge that only a few typical Spanish foods are mentioned here.

A must for breakfast at least once while in Spain is **'churros con chocolate'**. You will see **'churrerías'** everywhere.

A **'churro'** is made from dough which tastes a bit like doughnuts but it looks like an elongated sausage. You eat it by breaking pieces off and dunking them in hot chocolate or you can just sprinkle them with sugar. Either way they are delicious.

A **'tortilla española'**, a Spanish omelette, is not like any other omelette. It is made basically from eggs **'huevos'** and potatoes **'patatas'**.

'Gazpacho andaluz' is a cold soup made from tomatoes **'tomates'**, cucumber **'pepino'**, peppers **'pimientos'** and other ingredients.

Perhaps the most famous of all Spanish food is **'paella'**. The basic ingredient is rice **'arroz'**, but it can have a variety of other ingredients. You can have seafood paella **'paella de mariscos'** or **'paella valenciana'**, which has chicken in it.

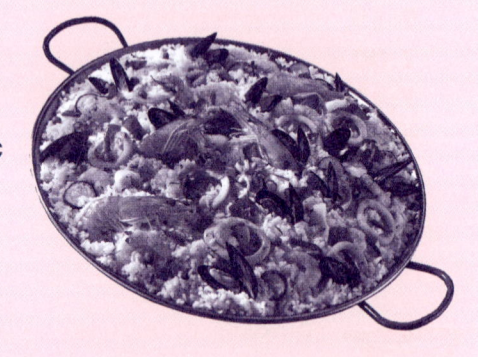

One of many wonderful ways to eat food in Spain is to go to a restaurant which serves **'tapas'**. There seems to be an endless variety of food which can be served as tapas. Each bar or restaurant has its own specialty **'la especialidad de la casa'**. Some common tapas are all kinds of fish **'pescado'**, cold meats **'chorizo'** or **'salchicha'** and ham **'jamón serrano'**, which is cured rather than cooked.
You can also have cheese **'queso'**, olives **'aceitunas'**, or an endless variety of salads **'ensaladas'**. Meatballs **'albóndigas'**, and cubed potatoes in a tomato sauce **'patatas bravas'** are two more very popular tapas.

Unidad diez

Las comidas españolas – Spanish meals

✻ **El desayuno** – breakfast is usually quite a simple meal.
✻ **El almuerzo** – lunch is eaten between 12:00 and 2:00, it can be quite a big meal.
✻ **La cena** – the evening meal is usually eaten later than we eat in Ireland. It can be eaten as late as 10:00 pm.

Escucha el CD

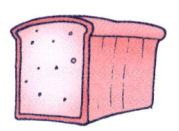

el pan	la mantequilla	la mermelada	la leche	el zumo de naranja
el café solo	el café con leche	los cereales	el agua	los bocadillos
la carne	la ensalada	la fruta	la hamburguesa	el helado
el jamón	las legumbres	la limonada	la pasta	la pizza
el pescado	el pollo	el postre	la tortilla española	las patatas

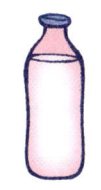

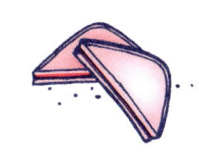

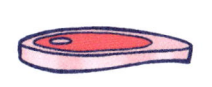

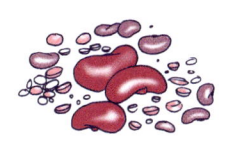

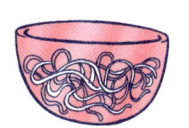

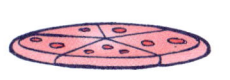

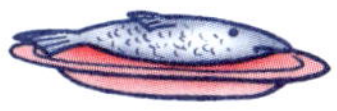

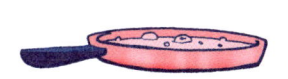

ciento quince 115

PRIMER PASO

Escucha el CD

You will need to know the verbs on the right when you are talking about food.

vocabulario

beber	to drink
comer	to eat
tomar	to take

como pollo

como helado

me gusta la pasta

bebo agua

no me gustan las legumbres

Contesta, en español, a las preguntas siguientes. Answer the following questions in Spanish.

- ¿Qué comes para el desayuno?
- ¿Qué comes para el almuerzo?
- ¿Qué comes para la cena?
- ¿Te gusta el helado?
- ¿Te gustan las hamburguesas?
- ¿Te gusta el pollo?
- ¿Te gustan los bocadillos?
- ¿A qué hora tomas el desayuno?
- ¿Qué bebes con el almuerzo?
- ¿Cuál es tu comida favorita?

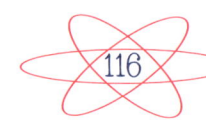

ciento dieciséis

Unidad diez

10.8 Escucha el CD

Listen to these conversations about meals and food and write down what each person likes or dislikes.

(a) María: _____
(b) Isabel: _____
(c) José: _____
(d) Rosa: _____
(e) Felipe: _____
(f) Nuria: _____
(g) Marisol: _____
(h) Beatriz: _____
(i) Pepe: _____
(j) Carmen: _____

Deberes

1. Escribe las horas siguientes. Write out the following times fully in Spanish.

   (a) It is 2:45 a.m. _____
   (b) It is 4:15 p.m. _____
   (c) It is 9:10 a.m. _____
   (d) It is 1:30 p.m. _____
   (e) It is 11:45 a.m. _____
   (f) At 5:05 p.m. _____
   (g) At 1:20 a.m. _____
   (h) At 12:40 p.m. _____
   (i) At 3:10 a.m. _____

ciento diecisiete 117

PRIMER PASO

2. Escribe la forma correcta del verbo entre paréntesis. Put the verb in brackets into the correct form.

   (a) Por la mañana yo (*levantarse*) _____ a las siete.

   (b) En general nosotros (*tomar*) _____ el desayuno en la cocina.

   (c) Juan (*ir*) _____ al colegio.

   (d) Los chicos (*afeitarse*) _____ por la mañana.

   (e) Ellas (*relajarse*) _____ en la discoteca.

   (f) ¿A qué hora (*levantarse*) _____ usted?

   (g) Nosotros (*relajarse*) _____ por la tarde.

   (h) ¿Tú (*lavarse*) _____ por la noche?

3. ¿Cómo se dice en español? Write the Spanish name for each of the following foods.

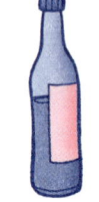

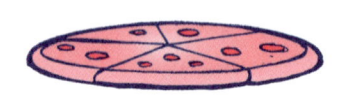

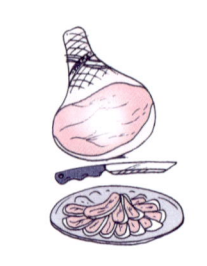

   (a) _____   (b) _____   (c) _____   (d) _____

   (e) _____   (f) _____   (g) _____

   (h) _____   (i) _____   (j) _____

4. In your copybook, write a letter in Spanish to your Spanish friend telling him or her what your daily routine is during the week and also on a Saturday or a Sunday. Also tell him or her at what time you eat your meals and what you like to eat for each meal.

Te toca a ti... ¿Qué sabes sobre España y el mundo hispánico?

1. Where in Spain is '**Euskera**' spoken?
   _____

2. What is the '**Plaza Mayor**'?
   _____

3. What is Segovia famous for?
   _____

4. '**Aceitunas**' are widely grown and eaten in Spain, what are they?
   _____

5. What do you say in Spanish when someone sneezes?
   _____

6. What is '**la meseta**'?
   _____

7. When do you attend '**la Misa del Gallo**'?
   _____

8. Where is the Teide Mountain?
   _____

9. What is '**el gordo de Navidad**'?
   _____

10. What is the largest province in Spain?
    _____

Unidad once: La ropa

En esta unidad vas a aprender...
* About radical changing verbs.
* How to describe the weather and the seasons.
* How to translate 'this' and 'these'.
* How to talk about clothes.
* How to say what colour things are.

Guatemala

Radical changing verbs

Each verb in Spanish has two parts, **the root** and **the ending**. The ending is the part that usually changes, for example, with *hablar*, the **–ar** changes to **o, as, a, amos, áis** or **an**. The root of the verb is what is left when you take off the ending, in this case the root is **habl–**. In some verbs which have **e, o** or **u** in the root, the following changes take place in the root in the **first**, **second**, **third** and the **last** part in the present tense:

- The **e** to **ie**
- The **o** changes to **ue**
- The **u** to **ue**

cerrar - to close
cierro	I close
cierras	you close
cierra	he/she closes (you close with usted)
cerramos	we close
cerráis	you close
cierran	they close (you close with ustedes)

jugar - to play
juego	I play
juegas	you play
juega	he/she plays (you play with usted)
jugamos	we play
jugáis	you play
juegan	they play (you play with ustedes)

encontrar - to meet
encuentro	I meet
encuentras	you meet
encuentra	he/she meets (you meet with usted)
encontramos	we meet
encontráis	you meet
encuentran	they meet (you meet with ustedes)

Unidad once

Although all of the examples on page 120 are **–ar** verbs, **–er** and **–ir** verbs can also be radical changing verbs. There is no easy way to recognise radical changing verbs, however, when you look up a new verb in the dictionary you will see **ie** or **ue** after it if it is a radical changing verb.

1801 *Escucha el CD*

vocabulario

encontrar (ue)	to find
costar (ue)	to cost
dormir (ue)	to sleep
empezar (ie)	to begin
volver (ue)	to return
preferir (ie)	to prefer
soler (ue)	to usually do something
poder (ue)	to be able
querer (ie)	to want/to wish

These last two verbs are irregular verbs which also happen to be radical changing verbs in the present tense.

duerme

encuentro a Juan

cierra la puerta

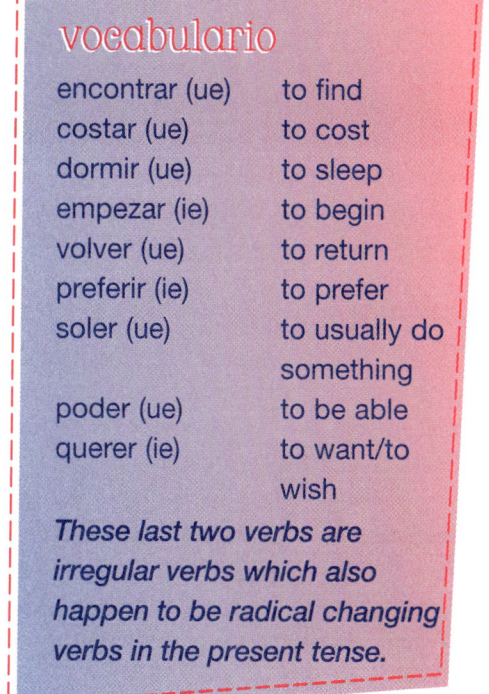

Nota: When you use poder, preferir, querer and soler with another verb you use the infinitive of the second verb.

quiere un helado

juegan al fútbol

empiezan a correr

puede salir

suelen charlar

ciento veintiuno 121

PRIMER PASO

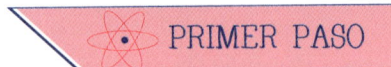

Ejercicio

Escribe estos verbos en el presente. Write out the present tense of the following verbs.

poder – to be able	querer – to want

juego al tenis

toco la guitarra

Nota:
There are two verbs 'to play' in Spanish:
- jugar a – to play a game/sports
- tocar – to play an instrument

Notice the difference between the following sentences.

Veo *a* Pilar.
I see Pilar.

Encuentro *a* mis amigos.
I meet my friends.

Veo *el* colegio.
I see the school.

Nota: In Spanish, when the object of a sentence is a person, you must put a personal **'a'** before the object, as you have in the first two sentences above. The personal **'a'** has no meaning in English.

Unidad once

Some verbs in Spanish can be reflexive *and* radical changing.

acostarse – to go to bed   despertarse – to wake up   divertirse – to enjoy oneself

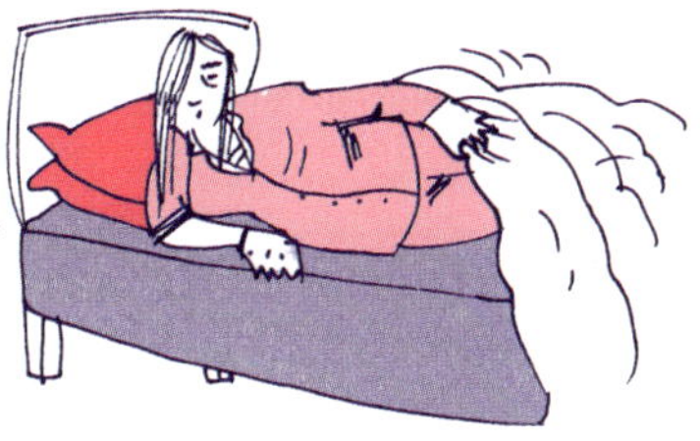

me acuesto   *se despierta*   *se divierten*

Ejercicios

1. Escribe estos verbos en el presente. Write out the present tense of the following verbs.

acostarse – to go to bed	divertirse – to enjoy oneself

2. Escribe la forma correcta del verbo entre paréntesis. Put the verb in brackets into the correct form of the present tense.

   (a) Yo (*preferir*) _____ ver la televisión.

   (b) ¿Tú (*querer*) _____ escuchar música?

   (c) Los niños (*jugar*) _____ al fútbol.

   (d) Manuel no (*cerrar*) _____ la puerta.

   (e) Yo (*soler*) _____ jugar al fútbol los sábados.

   (f) ¿Usted (*querer*) _____ café o té?

   (g) Yo (*querer*) _____ jugar al golf.

   (h) Nosotras no (*jugar*) _____ al fútbol.

   (i) ¿Tú (*soler*) _____ salir los fines de semana?

   (j) Nosotros (*encontrar*) _____ a nuestros amigos en el centro comercial.

ciento veintitrés

PRIMER PASO

3. ¿Cómo se dice en español? How do you say the following in Spanish?

   (a) I play football with my friends.
   _____

   (b) Do you meet your friends at the bowling alley?
   _____

   (c) Do you want to have lunch?
   _____

   (d) We usually go to the disco on Fridays.
   _____

   (e) Can you open the window?
   _____

   (f) We prefer ham.
   _____

   (g) Do you want ham sandwiches?
   _____

   (h) I usually arrive at school at 8:30.
   _____

   (i) We do not play tennis.
   _____

   (j) She meets her friends at school.
   _____

Escucha el CD - Diálogos

Manuel: ¿Qué sueles hacer los fines de semana?
Ana: Suelo salir con mis amigos.

Juan: ¿Quieres ir a la discoteca?
Isabel: Sí, quiero ir a la discoteca.

Jaime: ¿Juegas al tenis los domingos?
Enrique: No, no juego al tenis los domingos.

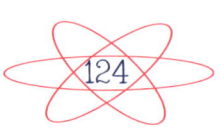

Unidad once

Escucha el CD

Listen to the CD and write, in English, what each person is saying.

(a) _____
(b) _____
(c) _____
(d) _____
(e) _____
(f) _____
(g) _____
(h) _____
(i) _____
(j) _____

¿Qué hace? ¿Qué hacen?

Ejercicio

Write a verb in Spanish to describe the actions below.

(a)   _____ (b)  _____ (c) _____

(d)  _____ (e)  _____ (f)  _____ (g) _____

(h)  _____ (i)  _____ (j) _____

ciento veinticinco 125

PRIMER PASO

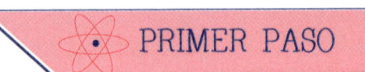

El tiempo - The weather

While we associate Spain with sun and fine weather, they have all kinds of weather there.

¿Qué tiempo hace? What is the weather like?

Escucha el CD

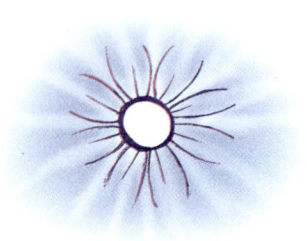

Nota: **Hacer** is the verb most used when describing weather.

hace sol

llueve

hace viento

está nublado

nieva

hay tormenta

hay niebla

vocabulario

hace sol	it is sunny
hace calor	it is warm
hace frío	it is cold
hace viento	it is windy
hace buen tiempo	the weather is good
hace mal tiempo	the weather is bad
llueve	it is raining
nieva	it is snowing
hay tormenta	it is stormy
hay niebla	it is foggy
está despejado	the sky is clear
está cubierto	it is overcast
está nublado	it is cloudy
la nube	the cloud
el cielo	the sky
el pronóstico	the weather forecast
el norte	north
el sur	south
el este	east
el oeste	west
el centro	centre

Unidad once

Ejercicios

1. Escribe la palabra que falta. Fill in the blanks to say where these cities are.
   (a) Bilbao está en el _____ de España.
   (b) Málaga está en el _____ de España.
   (c) Bogotá está en el _____ de Colombia.
   (d) Barcelona está en el _____ de España.
   (e) Santiago está en el _____ de Chile.

2. ¿Qué tiempo hace? Under each picture, write a sentence in Spanish to describe the weather.

   (a) _____
   (b) _____
   (c) _____

   (d) _____
   (e) _____
   (f) _____

Escucha el CD

¿Qué tiempo hace hoy? Listen to the CD and write in English what weather is mentioned.

(a) _____   (b) _____
(c) _____   (d) _____
(e) _____   (f) _____
(g) _____   (h) _____

PRIMER PASO

Ejercicio

Completa las frases siguientes utilizando el vocabulario de abajo. Complete the following sentences in Spanish using the vocabulary underneath.

(a) Cuando hace frío _____

(b) Cuando hace calor me gusta _____

(c) Cuando llueve suelo _____

(d) Cuando hace buen tiempo en general _____

(e) Cuando nieva _____

(f) Cuando hace sol siempre _____

vocabulario

ir al cine	to go to the cinema	ir a la playa	to go to the beach
ir a la piscina	to go to the pool	nadar	to swim
patinar	to skate	quedarse en casa	to stay at home
esquiar	to ski		

Las estaciones - The seasons

Ejercicio

¿Qué tiempo hace? In Spanish, describe the weather in each of the pictures.

La primavera – spring

(a) _____
_____
_____

El verano – summer

(b) _____
_____
_____

El otoño – autumn

(c) _____
_____
_____

El invierno – winter

(d) _____
_____
_____

Unidad once

1.06 Escucha el CD

Listen to the CD and answer the following questions in English.

(a) What is the weather usually like in Spain in summer?

(b) What kind of weather do they sometimes have in Spain?

(c) When does this person like to stay in the house?

(d) Where does this person like to go when it is sunny?

(e) When does it rain a lot in Ireland?

(f) When are there lots of storms?

(g) What does this person like to do in winter?

(h) What does this person not like to do in winter?

The demonstrative adjective: this

'This' and 'these' are adjectives. There are two ways of saying this in Spanish, **este** or **esta**, and two ways of saying these, **estos** or **estas**, so you must be careful to use the correct one.

- **este chico** – this boy
- **esta chica** – this girl
- **estos hombres** – these men
- **estas mujeres** – these women

Nota:
Notice the difference between
- está – he/she is (with accent)
- esta – this (no accent)

ciento veintinueve

PRIMER PASO

Ejercicio

Escribe la forma correcta de este, esta, estos, estas. Write in the correct form of 'this' or 'these'.

(a) _____ televisión
(b) _____ flores
(c) _____ casas
(d) _____ piso
(e) _____ cuadernos
(f) _____ clase
(g) _____ ordenador
(h) _____ colegio
(i) _____ cocina
(j) _____ planta
(k) _____ estantes
(l) _____ libro
(m) _____ dormitorio
(n) _____ mesas
(o) _____ amigas
(p) _____ cine

La ropa - Clothes

¿Que te gusta llevar.....? What do you like to wear?

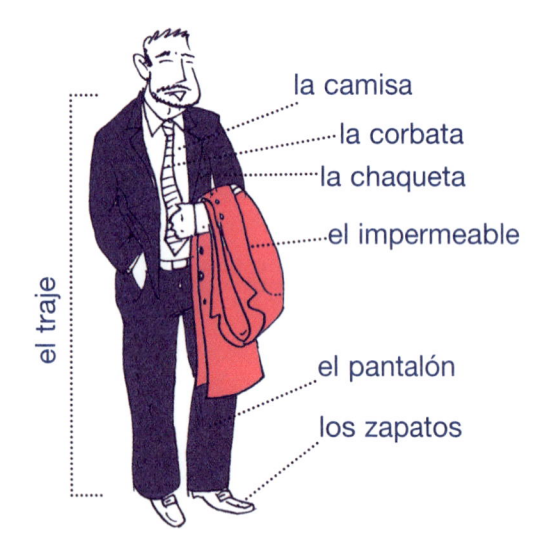

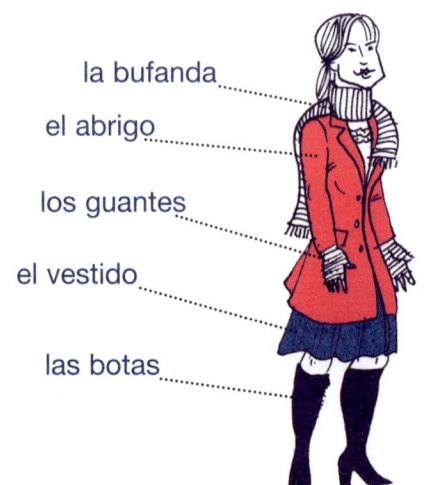

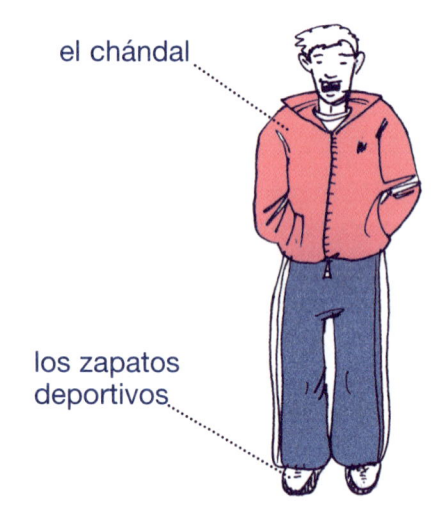

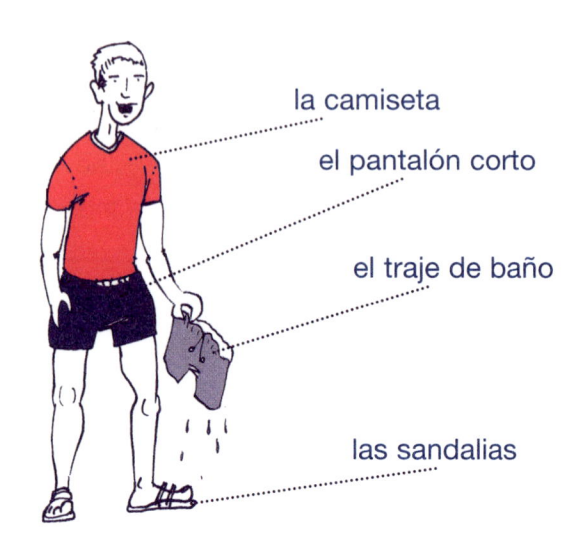

- la camisa
- la corbata
- la chaqueta
- el impermeable
- el pantalón
- los zapatos
- el traje

- el chándal
- los zapatos deportivos

- la bufanda
- el abrigo
- los guantes
- el vestido
- las botas

- la camiseta
- el pantalón corto
- el traje de baño
- las sandalias

130 ciento treinta

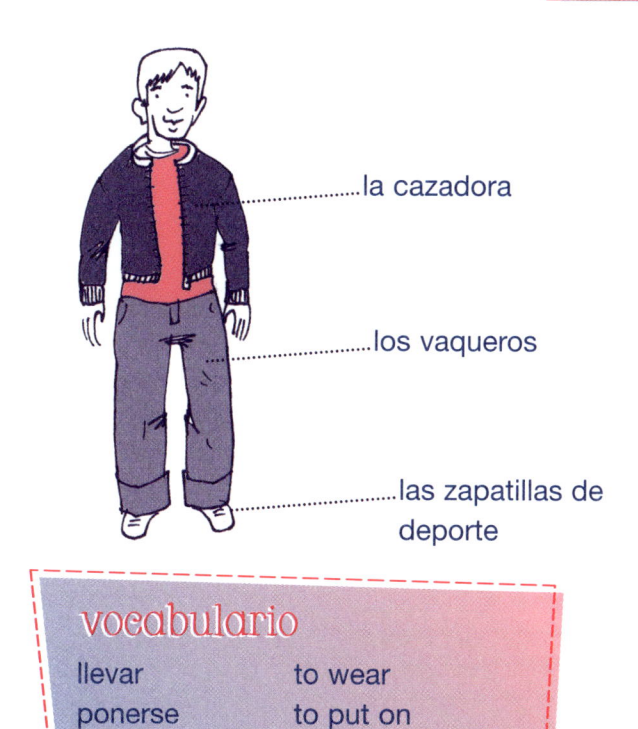

Unidad once

.....la cazadora

.....los vaqueros

.....las zapatillas de deporte

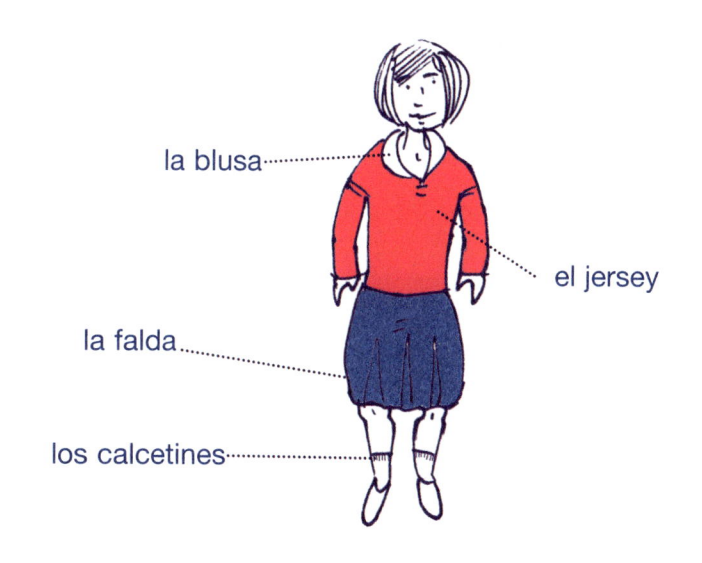

la blusa·····

·····el jersey

la falda·····

los calcetines·····

vocabulario

llevar	to wear
ponerse	to put on
estar de moda	to be in fashion

¿Qué hay en la maleta? What is in the suitcase?

Ejercicio

Write in Spanish what is in each suitcase.

(a) _____

(b) _____

ciento treinta y uno

PRIMER PASO

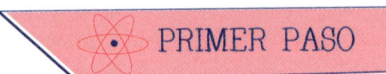

1.07 Escucha el CD

Listen to the CD and answer the following questions in English.

Laura

(a) What uniform does Laura have to wear?

(b) What does she not have to wear?

(c) What does she wear when she goes shopping?

(d) What does she wear from time to time?

(e) What does she wear when she goes to the disco?

Enrique

(a) Enrique really likes fashion.   True ☐   False ☐

(b) What uniform does he wear?

(c) What does he often wear?

(d) What does he wear when he goes out with his friends?

Miguel

(a) What does Miguel wear when the weather is fine?

(b) What does he wear if it is cold?

(c) What does he wear if it is windy?

(d) What does he never wear?

Unidad once

Contesta, en español, a las preguntas siguientes. Answer the following questions in Spanish.

* ¿Qué llevas cuando vas al colegio?
* ¿Qué llevas durante los fines de semana?
* ¿Qué llevas cuando vas a la discoteca?
* ¿Qué llevas cuando hace calor?
* ¿Qué llevas cuando hace frío?
* ¿Qué llevas cuando llueve?
* ¿Qué llevas para ir a la playa?
* ¿Qué llevas para ir al centro de la ciudad los sábados?

¿De qué color es? What colour is it?

vocabulario

amarillo	yellow	gris	grey
marrón	brown	blanco	white
violeta	violet	verde	green
naranja	orange	rojo	red
negro	black	rosa	pink
azul	blue		

Nota:
- You always use **ser** for colours.
- Colours are adjectives. They must, therefore, agree with the noun they describe. (Revise the rules on page 48 for making adjectives and nouns agree.) There are three exceptions to this rule – **violeta**, **rosa** and **naranja** – these do not change.

Ejercicios

1. Escribe, en español, la forma correcta del color. Put the colour in brackets into the correct form.

   (a) Mi madre lleva una blusa (*blanco*) _____
   (b) Las flores en mi jardín son (*amarillo y rojo*) _____
   (c) El libro es (*rosa*) _____
   (d) Sus vaqueros son (*azul*) _____
   (e) Las mesas son (*naranja*) _____
   (f) Me pongo una falda (*negro*) _____
   (g) Elena lleva botas (*verde*) _____
   (h) Vivo en una casa (*blanco*) _____
   (i) Los calcetines son (*gris*) _____
   (j) Llevan chaquetas (*negro*) _____

ciento treinta y tres

PRIMER PASO

2. Contesta, en español, a las preguntas siguientes. Answer the following questions in Spanish.

   (a) ¿De qué color es la puerta de la clase? _____

   (b) ¿De qué color es tu uniforme? _____

   (c) ¿De qué color es la bandera irlandesa? _____

   (d) ¿De qué color es la bandera española? _____

   (e) ¿De qué color es tu casa? _____

   (f) ¿De qué color es el cielo hoy? _____

Crucigrama
Completa el crucigrama sobre los colores. Complete the crossword below on colours.

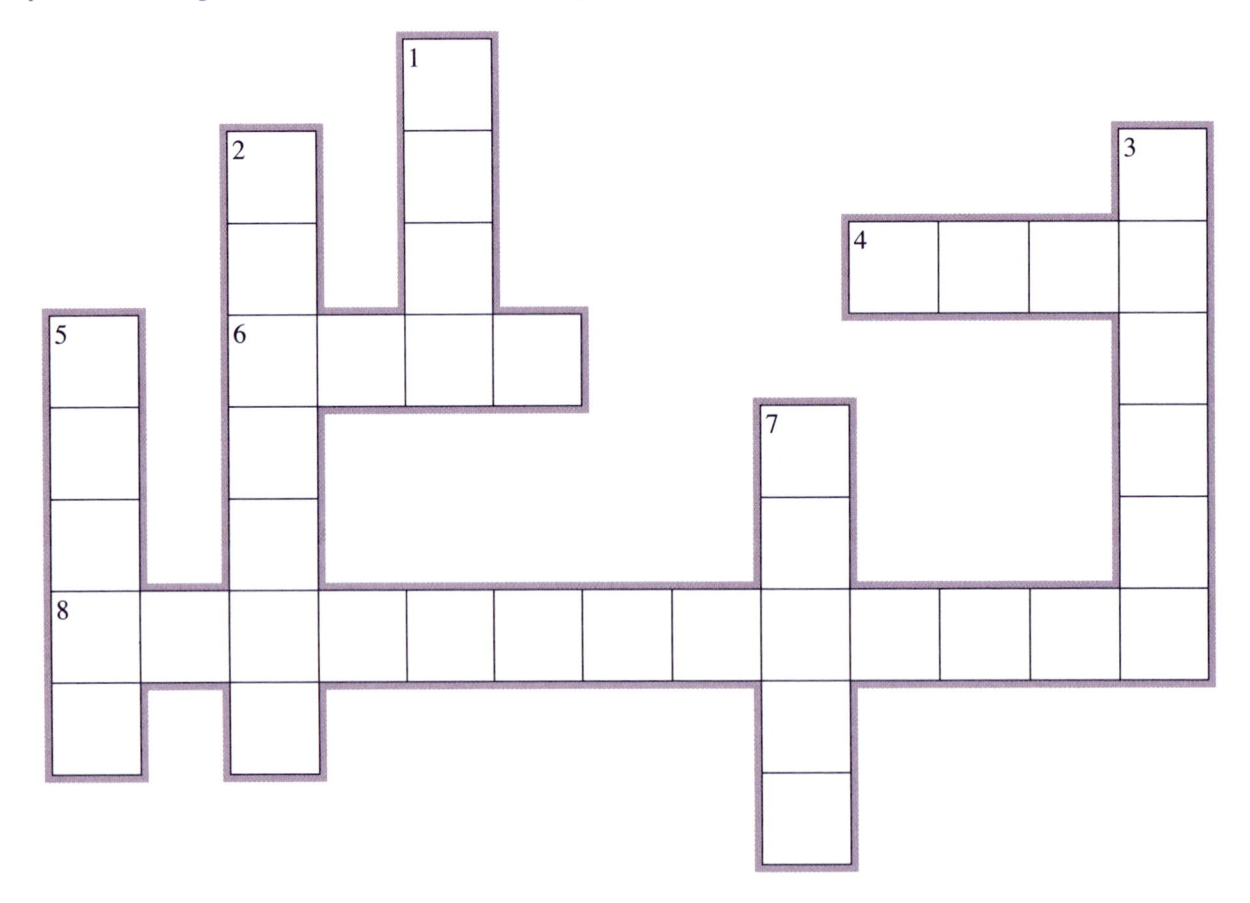

Across
   4. El cielo es _____
   6. A las chicas les gusta el color _____
   8. La bandera española es _____ __ _____

Down
   1. El cielo es _____ cuando llueve.
   2. También es una fruta.
   3. La nieve es _____
   5. El carbón es _____
   7. La hierba es _____

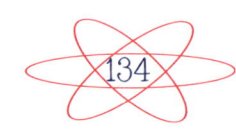

134 ciento treinta y cuatro

Unidad once

11.08 Escucha el CD

Write down what item is mentioned and what colour it is.

	Item	Colour
(a)	_____	_____
(b)	_____	_____
(c)	_____	_____
(d)	_____	_____
(e)	_____	_____
(f)	_____	_____
(g)	_____	_____
(h)	_____	_____
(i)	_____	_____
(j)	_____	_____

11.09 Escucha el CD

Listen to the CD and answer the following questions in English.

Elena
(a) Where does Elena live? _____
(b) What season does she prefer? _____
(c) Why does she prefer this season? _____

Alejandro
(a) Where does Alejandro live? _____
(b) What season does he prefer? _____
(c) Why does he prefer this season? _____

Nieves
(a) Where does Nieves live? _____
(b) What season does she prefer? _____
(c) Why does she prefer this season? _____

ciento treinta y cinco

PRIMER PASO

Deberes

1. ¿Qué es esto? Write the name of each item of clothing in Spanish underneath the picture.

(a) _____   (b) _____   (c) _____   (d) _____

(e) _____   (f) _____   (g) _____   (h) _____

2. Escribe la forma correcta del verbo entre paréntesis. Put the verb in brackets into the correct form.

   (a) Nosotros (*divertirse*) _____ en la discoteca.
   (b) Ellos (*querer*) _____ salir.
   (c) ¿Qué (*querer*) _____ tú hacer?
   (d) Yo (*soler*) _____ ir al cine los domingos.
   (e) ¿Vosotros (*acostarse*) _____ a las once?
   (f) Yo (*ponerse*) _____ mi uniforme.
   (g) Yo (*volver*) _____ del colegio a las cinco.
   (h) En el verano yo (*divertirse*) _____.
   (i) Nosotros (*despertarse*) _____ a las siete.
   (j) Mi hermana (*acostarse*) _____ a medianoche.

3. Completa con la forma correcta de ser o estar. Fill in the blanks with the correct form of '**ser**' or '**estar**'.

   (a) La chaqueta _____ blanca.

   (b) Mi amiga _____ contenta.

   (c) ¿Dónde _____ tus libros?

   (d) Yo _____ irlandés.

   (e) Las sillas _____ negras.

   (f) El cine _____ cerca de la farmacia.

   (g) ¿Qué hora _____?

   (h) Mi hermano _____ alto.

   (i) ¿Cómo _____ usted?

   (j) Su falda _____ amarilla.

4. Relaciona los verbos con los lugares. Match up the verbs with the places.

1. Duermo	(a) en la terraza	1.
2. Comemos	(b) en la cocina	2.
3. Juego al fútbol	(c) en mi dormitorio	3.
4. Mi padre prepara la cena	(d) en el cuarto de baño	4.
5. Mi madre ve la televisión	(e) en su habitación	5.
6. Mi hermano hace los deberes	(f) en el comedor	6.
7. El coche está	(g) en el jardín	7.
8. Me ducho	(h) en la sala de estar	8.
9. Mis padres duermen	(i) en el garaje	9.
10. Hay flores	(j) en su habitación	10.

5. In your copybook, write a letter to your Spanish friend telling him or her what the weather is like in Ireland, what you wear to school and what you wear at the weekend.

PRIMER PASO

Te toca a ti... ¿Qué sabes sobre España y el mundo hispánico?

1. Spain is the second ☐ third ☐ fifth ☐ biggest country in Europe?

2. What is '**vino tinto**'?
   _____

3. When do Spanish people eat '**las doce uvas**'?
   _____

4. What kind of television programme is a '**culebrón**'?
   _____

5. The writer Gabriel García Márquez is from which South American country?
   _____

6. In which Spanish city do they celebrate '**la fiesta de San Fermín**'?
   _____

7. '**Las Meninas**' was painted by Goya ☐ Velázquez ☐ Picasso ☐

8. Where is a '**malagueño**' from?
   _____

9. Is Chile beside the Atlantic or the Pacific Ocean?
   _____

10. When is the '**Día de los Reyes**' celebrated?
    _____

ciento treinta y ocho

Unidad doce: ¿De dónde eres?

En esta unidad vas a aprender...

* How to say where you are from.
* The names of some countries.
* The numbers from 60 onwards.
* How to say your telephone number.
* How to write dates.
* How to say '–ing' in Spanish.

Bolivia

¿De dónde eres? Where are you from?

Soy de... I'm from...

Nota:
- You use **ser** to say where you are from and what nationality you are.
- Adjectives of nationality in Spanish start with a *small* letter.

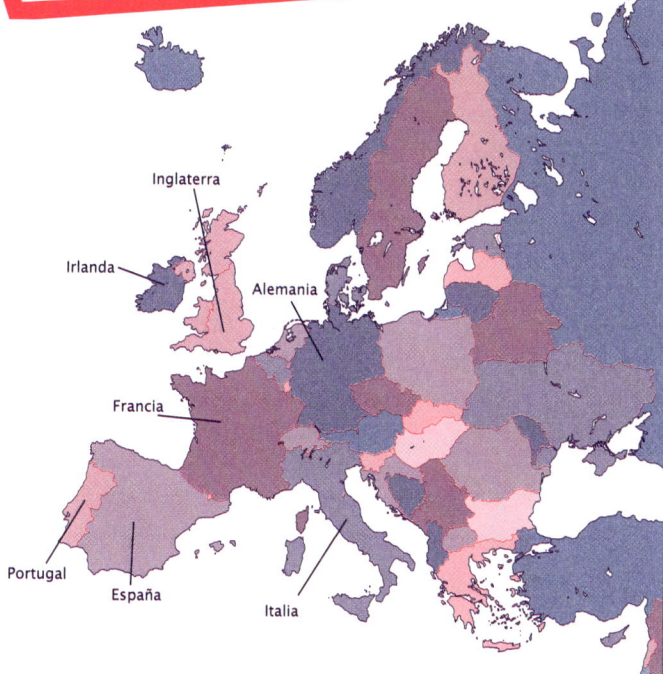

vocabulario

irlandés	Irish
inglés	English
escocés	Scottish
galés	Welsh
francés	French
alemán	German
italiano	Italian
belga (m/f)	Belgian
holandés	Dutch
suizo	Swiss
sueco	Swedish
noruego	Norwegian
ruso	Russian
japonés	Japanese
estadounidense	American
colombiano	Colombian
mejicano	Mexican
mexicano	Mexican
argentino	Argentinian
peruano	Peruvian
chileno	Chilean

Inglaterra
Irlanda
Alemania
Francia
Portugal
España
Italia

Europa

ciento treinta y nueve 139

PRIMER PASO

América Central

América del Sur

Recuerda
Revise the rules for the agreement of adjectives in Unidad Cinco.

Escucha el CD – Diálogos

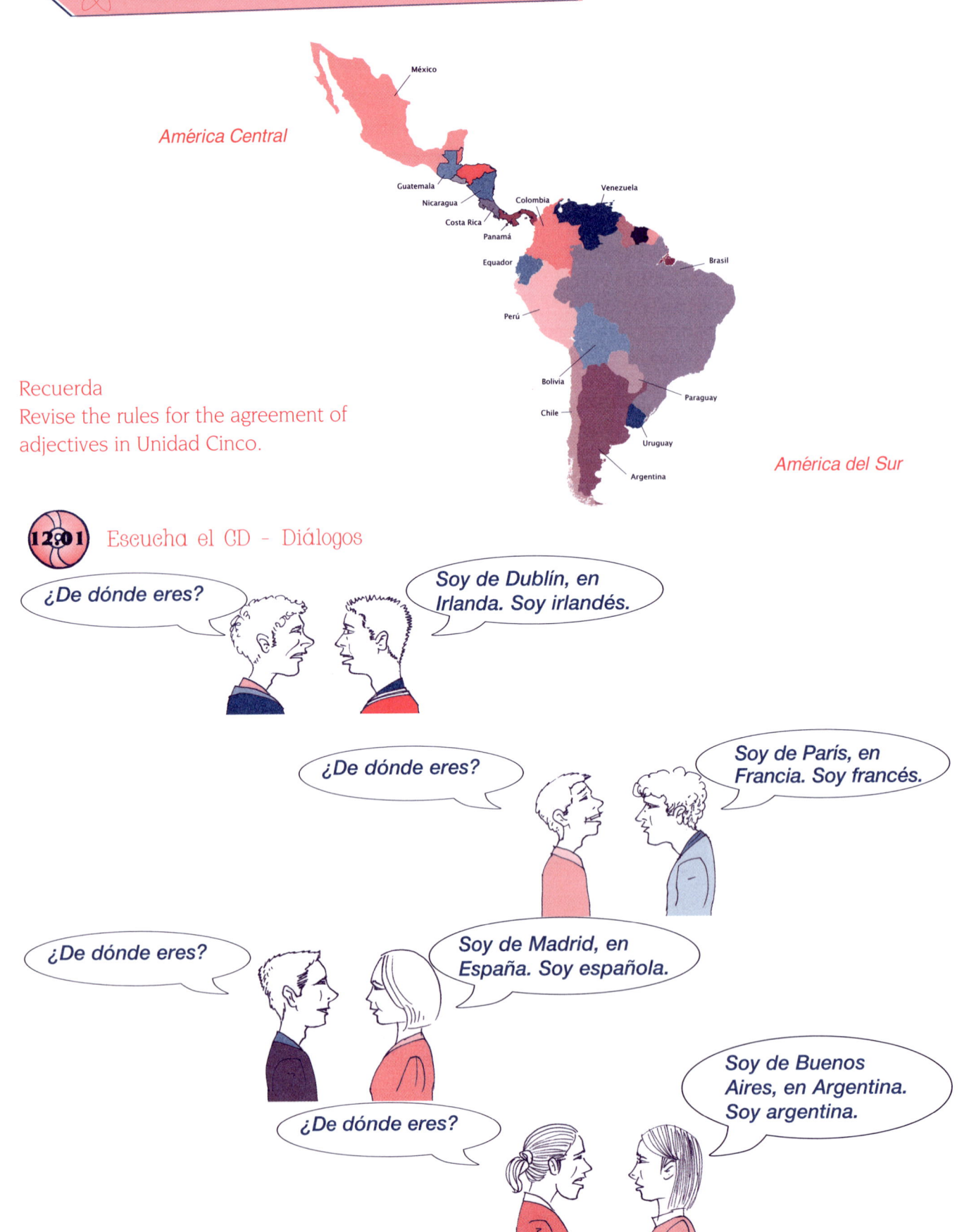

¿De dónde eres?
Soy de Dublín, en Irlanda. Soy irlandés.

¿De dónde eres?
Soy de París, en Francia. Soy francés.

¿De dónde eres?
Soy de Madrid, en España. Soy española.

¿De dónde eres?
Soy de Buenos Aires, en Argentina. Soy argentina.

Haz un diálogo y practícalo con tu compañero/a. Make up a similar dialogue with your partner and practise saying it.

Unidad doce

Ejercicio

Escribe una frase diciendo de dónde es cada persona. Write a sentence about where each of the following is from.

(a) John: Londres, Inglaterra.
___

(b) Paulo: Roma, Italia.
___

(c) Ronaldo: Bogotá, Colombia.
___

(d) Peter: Nueva York, Estados Unidos.
___

Escucha el CD

Listen to the CD and write down in English where the people are from.

(a) Irene: _____   (b) Ivan: _____
(c) Chantal: _____   (d) Rumiko: _____
(e) Seán _____   (f) Pepe: _____
(g) Elizabeth: _____   (h) Hans: _____
(i) Brad: _____   (j) Inés: _____

Contesta, en español, a las preguntas siguientes. Answer the following questions in Spanish.

* ¿De dónde es tu padre?
* ¿Tu madre es inglesa?
* ¿De dónde es tu tío?
* ¿Tu abuelo es francés?
* ¿De dónde es tu prima?
* ¿Tu primo es estadounidense?

Ejercicio

¿Cómo se dice en español? How do you say the following in Spanish?

(a) I'm from Cork in Ireland. I'm Irish.
___

(b) I am not German.
___

(c) My dad is Irish.
___

ciento cuarenta y uno 141

PRIMER PASO

(d) My uncle is from Santiago in Chile.
___

(e) My sisters are not English.
___

(f) My aunt is Spanish.
___

(g) My grandfather is from Liverpool in England.
___

(h) My granny is not Irish, she is from Scotland.
___

(i) My father's family is from Wales.
___

(j) My mum is not Irish, she is from the U.S.
___

Crucigrama
Completa el crucigrama sobre los países. Complete the crossword on countries.

Across
2. La capital es París.
4. La capital es Berlín.
7. La capital es Washington.
8. La capital es Madrid.
10. La capital es Santiago.

Down
1. La capital es Dublín.
3. La capital es Buenos Aires.
5. La capital es La Havana
6. La capital es Bogatá.
9. La capital es Lima.

142 ciento cuarenta y dos

Unidad doce

Los números desde sesenta (60)

Escucha el CD

60	sesenta		200	doscientos
61	sesenta y uno		300	trescientos
62	sesenta y dos		400	cuatrocientos
70	setenta		500	**quinientos**
80	ochenta		600	seiscientos
90	noventa		700	**setecientos**
100	cien		800	ochocientos
101	ciento uno		900	**novecientos**
105	ciento cinco		1000	mil
150	ciento cincuenta		2000	dos mil

Nota:
- The hundreds in Spanish change from **–os** to **–as** before a feminine noun.
  200 boys = doscientos niños
  200 girls = doscientas niñas
- 500, 700, 900 are irregular

Escucha el CD

Listen to the CD and write down the numbers that you hear in figures.

(a)
(b)
(c)

¿Qué año es? What year is it?

Es el año dos mil seis. – It is the year 2006.

Nota: Notice how to say 1994 – mil, novecientos noventa y cuatro.

Ejercicio

Escribe los números siguientes. Write the following years out fully in Spanish.

(a) 1982 _____
(b) 1945 _____
(c) 2000 _____
(d) 2007 _____
(e) 1978 _____
(f) 2013 _____

ciento cuarenta y tres

PRIMER PASO

12.05 Escucha el CD

Listen to the CD and write down, in figures, the age of each person.

(a) _____ (b) _____ (c) _____
(d) _____ (e) _____ (f) _____
(g) _____ (h) _____ (i) _____

12.06 Escucha el CD

Write down, in figures, what year it is.

(a) _____ (b) _____ (c) _____
(d) _____ (e) _____ (f) _____
(g) _____ (h) _____ (i) _____

¿Cuál es tu número de teléfono?
What is your telephone number?

Telephone numbers in Spanish are usually divided into two and three digits. With an uneven number of digits you put the first three together and then pair the following digits.

My telephone number is 292 53 68.

Mi número de teléfono es el doscientos noventa y dos, cincuenta y tres, sesenta y ocho.

Or you can say, **dos nueve dos, cinco tres, seis ocho.**

12.07 Escucha el CD

¿Cuál es tu número de teléfono?

Mi número de teléfono es el cero cuatro dos, cincuenta y seis, cuarenta y tres, sesenta y seis (042 56 43 66).

¿Cuál es tu número de teléfono?

Mi número de teléfono es el dos seis dos, cuarenta y cinco, cero tres (262 45 03).

¿Cuál es tu número de teléfono?

Mi número de teléfono es el cuatrocientos diecinueve, setenta y cuatro, trece (419 74 13).

144 ciento cuarenta y cuatro

Unidad doce

Escribe tu número de teléfono y practícalo con tu compañero/a. Write out your telephone number in Spanish and practise saying it.

___

12.08 Escucha el CD
Listen to the CD and write out the telephone numbers you hear.

(a) _____ (b) _____
(c) _____ (d) _____
(e) _____ (f) _____

The continuous present tense

In English, there are two ways of describing an action in the present tense, e.g. 'I speak' and 'I am speaking'. It is the same in Spanish.

> To form the second present tense, the one with –ing, which is called the continuous present tense, you use **'estar'** to translate the 'I am' and you form the '–ing' part (the present participle) as follows:
> * For an **–ar** verb you take off the **–ar** and add **–ando**.
> * For an **–er** or **–ir** verb you add **–iendo**.

12.09 Escucha el CD

estoy hablando    *está comiendo*    *estamos escribiendo*

Nota: Most radical changing verbs do not change in the present participle.
I am playing = Estoy jugando.

vocabulario
Some irregular present participles.
leyendo reading
durmiendo sleeping

ciento cuarenta y cinco 145

PRIMER PASO

Ejercicio

Cambia los verbos siguientes. Change the following verbs into the continuous present tense.

Ejemplo: I dance – bailo – becomes estoy bailando – I am dancing

(a) hablamos _____
(b) usted come _____
(c) comen _____
(d) vivís _____
(e) hago _____
(f) estudiamos _____
(g) charlas _____
(h) recibo _____
(i) escucho _____
(j) vuelve _____

¿Qué estás haciendo? What are you doing?

Escucha el CD

estoy cantando

estoy jugando al fútbol

estoy leyendo

estoy estudiando

estoy comiendo

Ejercicio

¿Qué está haciendo? ¿Qué están haciendo? Write in Spanish what the people below are doing.

(a)_____ 
(b)_____ 
(c)_____

(d)_____
(e)_____ 
(f)_____

Unidad doce

(g)_____  (h)_____  (i)_____

(j)_____  (k)_____  (l)_____

12.11 Escucha el CD

Listen to the CD and write down, in English, what each person is doing.

(a) _____
(b) _____
(c) _____
(d) _____
(e) _____
(f) _____
(g) _____
(h) _____
(i) _____
(j) _____

ciento cuarenta y siete 147

PRIMER PASO

Deberes

1. Escribe la forma correcta del adjetivo. Put in the correct form of the adjective in brackets.

   (a) Mi madre es (*francés*) _____
   (b) Los niños son (*español*) _____
   (c) La camisa es (*irlandés*) _____
   (d) Los chavales son (*inglés*) _____
   (e) Nuestra tía es (*galés*) _____
   (f) Mi abuela es (*chileno*) _____
   (g) Los coches son (*alemán*) _____
   (h) Mi primo es (*escocés*) _____
   (i) Mis tíos son (*estadounidense*) _____
   (j) Sus amigas son (*japonés*) _____

2. Escribe los números. Write out the numbers in brackets fully.

   (a) Tiene (52) _____ años.
   (b) Tiene (88) _____ años.
   (c) Su número de teléfono es el (292 45 67 99) _____
   (d) Su número de teléfono es el (495 77 69 98) _____
   (e) En el año (1985) _____
   (f) En el año (2007) _____

Contesta, en español, a las preguntas siguientes. Answer the following questions in Spanish.

* ¿Cuántos años tiene tu padre?
* ¿Cuántos años tiene tu abuelo?
* ¿Cuántos años tiene tu tía?
* ¿Cuál es tu número de teléfono?
* ¿Qué estás haciendo?
* ¿Qué estás leyendo para la clase de inglés?
* ¿Estás comiendo en la clase?
* ¿De dónde es tu padre?
* ¿Tu madre es española?
* ¿Cuál es el número de tu casa?

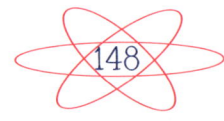

148 ciento cuarenta y ocho

Unidad doce

Te toca a ti... ¿Qué sabes sobre España y el mundo hispánico?

1. Why would you go to the '**Plaza de Toros**'?
   _____

2. What is Spain's national sport?
   _____

3. Who wrote **Don Quixote**?
   _____

4. Which is the most expensive ticket at a bull fight?
   '**sol**' ☐   '**sombra**' ☐

5. What is the capital of Cuba?
   _____

6. '**El merengue**' is a (a) car ☐ (b) dance ☐ (c) game ☐

7. Which fruit do you associate with Valencia?
   _____

8. Who were the '**Conquistadores**'?
   _____

9. The World Cup was held in Spain in (a) 1978 ☐ (b) 1982 ☐ (c) 1986 ☐

10. When do Spanish people say '**Feliz Navidad**'?
    _____

ciento cuarenta y nueve

Unidad trece: ¿Qué pasatiempos tienes?

En esta unidad vas a aprender...

✱ To talk about sport and your hobbies.

Bolivia

Los deportes y los pasatiempos – Sports and pastimes

We have already covered some sports and pastimes, but here we will cover them in more detail.

¿Haces mucho deporte?

13・01 Escucha el CD

juego al fútbol

juego al voleibol

vocabulario

You use **jugar** with games.

jugar al baloncesto	play basketball
al fútbol	football
al tenis	tennis
al golf	golf
al hockey	hockey
al rugby	rugby
al voleibol	volleyball

juego al ajedrez

juego al baloncesto

hago ciclismo

hago pesas

vocabulario

You use **hacer** with other activities.

hacer natación	to do swimming
pesas	weights
ciclismo	cycling
gimnasio	gymnastics
atletismo	athletics
esquí	skiing

hago atletismo

hago aeróbic

150 ciento cincuenta

Unidad trece

Practica esta pregunta con tu compañero/a. Practise this question with your partner:
¿Haces mucho deporte?

vocabulario

un partido	a match
ir al polideportivo	to go to the sports centre
ir al gimnasio	to go to the gym
ir a la piscina	to go to the swimming pool
ir a la bolera	to go to the bowling alley

¿Qué estás haciendo?

13.02 Escucha el CD

estoy pescando *estoy nadando* *estoy patinando* *estoy esquiando*

¿Te gustan los deportes?
Do you like sports?

You can use the following when talking about sport:

vocabulario

para divertirme	for fun
me gusta/an	I like
me encanta/an	I really like
me interesa/an	I'm interested in

The last two verbs are formed like '**gustar**':

vocabulario

detestar	to dislike
odiar	to hate

ciento cincuenta y uno

PRIMER PASO

13.03 Escucha el CD - Diálogos

* Enrique: Manolo, ¿te gusta el fútbol?
  Manolo: Sí, me gusta el fútbol.
  Enrique: ¿Por qué?
  Manolo: Porque es apasionante.

* María: Elena, ¿te gusta la natación?
  Elena: Sí, me encanta la natación.
  María: ¿Por qué?
  Elena: Porque es divertida.

* Jaime: Miguel, ¿te gusta bailar?
  Miguel: No, detesto bailar.
  Jaime: ¿Por qué?
  Miguel: Porque, lo encuentro aburrido.

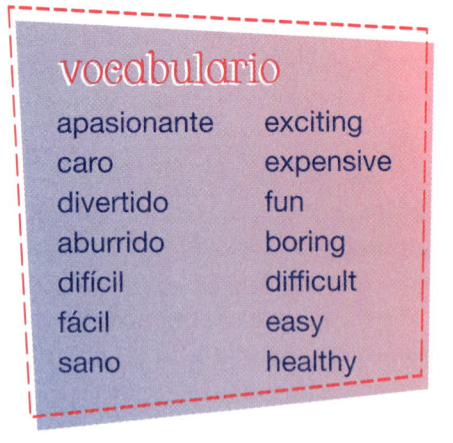

* Ana: Rosa, ¿te interesa el aeróbic?
  Rosa: No, odio el aeróbic.
  Ana: ¿Por qué?
  Rosa: Porque lo encuentro difícil.

vocabulario

apasionante	exciting
caro	expensive
divertido	fun
aburrido	boring
difícil	difficult
fácil	easy
sano	healthy

13.04 Escucha el CD

Listen to the conversations on the CD and answer the questions in English.

Jaime
(a) What exercise does Jaime like? _____
(b) Why does he like this exercise? _____

María
(a) What activity does María like? _____
(b) Why does she like this activity? _____

Pepe
(a) What sport is Pepe not interested in? _____
(a) Why is he not interested in this sport? _____

Elena
(a) What activity does Elena like? _____
(b) Why does she like this activity? _____

Alejandro
(a) What activity is Alejandro not interested in? _____
(b) Why is he not interested in this activity? _____

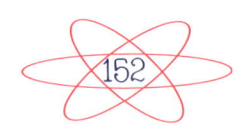

Pablo
(a) What activity is Pablo not interested in? _____
(b) Why is he not interested in this activity? _____

Unidad trece

Ejercicios

1. Haz cuatro diálogos como los del CD. In your copybook, make up four conversations like the ones you have been listening to.

2. ¿Qué hace? Write a verb in Spanish to describe what these people are doing.

(a)  _____   (b)  _____   (c) _____

(d)  _____   (e) _____

3. ¿Qué están haciendo?

(a)  _____   (b)  _____   (c) _____

(d)  _____   (e) _____

ciento cincuenta y tres 153

PRIMER PASO

4. Rellena los blancos con un verbo adecuado. Fill in the blanks with a suitable verb.

   (a) Me _____ los deportes.
   (b) A mi hermana no le _____ el fútbol.
   (c) Yo _____ al rugby los sábados.
   (d) Yo no _____ atletismo.
   (e) En el colegio nosotros _____ aeróbic.
   (f) Mi hermano siempre _____ al polideportivo los jueves por la tarde.
   (g) Mis amigas _____ al hockey.
   (h) Nosotros _____ en la piscina.
   (i) ¿Tú _____ al ajedrez?
   (j) No me _____ el ciclismo.

Contesta, en español, a las preguntas siguientes. Answer the following questions in Spanish.

* ¿Te gustan los deportes?
* ¿Prefieres el fútbol o el tenis?
* ¿Juegas al baloncesto?
* ¿Te interesa el atletismo?
* ¿Juegas al tenis en el verano?
* ¿Haces atletismo en el invierno?
* ¿Te gusta el ajedrez?
* ¿Cuál es tu deporte favorito?
* ¿Vas a menudo al polideportivo?
* ¿Te gusta patinar?

Escucha el CD
Listen to the CD and, in English, write down the activity each person does and when they do it.

	When	Activity
(a)		
(b)		
(c)		
(d)		
(e)		
(f)		
(g)		
(h)		

Unidad trece

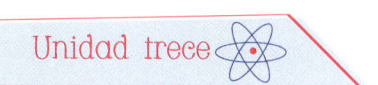

Además de los deportes, ¿qué pasatiempos tienes?
Apart from sport, what pastimes do you have?

13.06 Escucha el CD

toco la guitarra  *leo tebeos*  *veo la televisión*

salgo con mis amigos  *escucho música*

vocabulario
los pasatiempos – pastimes

tocar la guitarra	to play the guitar	salir con amigos	to go out with friends
el piano	the piano	escuchar música	to listen to music
la batería	the drums	charlar con amigos	to chat to friends
el clarinete	the clarinet	leer libros	to read books
ver la televisión	to watch television	una novela	a novel
vídeos	videos	tebeos	comics
películas	films	revistas	magazines
ir al cine	to go to the cinema	la lectura	reading
al teatro	the theatre	la moda	fashion
de compras	shopping	las fiestas	parties
jugar a los videojuegos	to play video games	mi pasatiempo preferido	my favourite pastime

ciento cincuenta y cinco

PRIMER PASO

¿Qué te gusta hacer en tus ratos libres? What do you like to do in your free time?

me gusta la moda

me interesan los videojuegos

me gusta salir

me encantan las fiestas

mi pasatiempo preferido es ir de compras

mi pasatiempo preferido es tocar la batería

Nota: You may find the following expression useful.
Paso mucho tiempo jugando al fútbol – I spend lots of time playing football.

Ejercicio

1. Escribe la forma correcta del verbo entre paréntesis. Put the verb in brackets into the correct form.

   (a) Yo (*tocar*) _____ la guitarra.

   (b) Mi hermano (*tocar*) _____ la batería.

   (c) A mi madre le (*gustar*) _____ leer novelas.

   (d) Yo (*salir*) _____ con mis amigos al cine.

   (e) Nosotros (*escuchar*) _____ música en mi habitación.

   (f) No me (*interesar*) _____ la lectura.

   (g) A mi hermana le (*encantar*) _____ la moda.

   (h) Yo (*ir*) _____ de compras al centro comercial.

   (i) Yo no (*jugar*) _____ mucho a los videojuegos.

   (j) Me (*encantar*) _____ las películas de horror.

Unidad trece

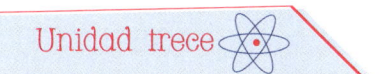

Contesta, en español, a las preguntas siguientes. Answer the following questions in Spanish.

* ¿Tienes muchos pasatiempos?
* Para divertirte, ¿qué te gusta hacer?
* ¿Qué clase de película prefieres?
* ¿Te gusta la música?
* ¿Tocas algún instrumento?
* ¿Te interesa la lectura?
* ¿Te gusta ir al cine?
* ¿Qué te gusta hacer los fines de semana?
* ¿Qué clase de música prefieres?
* Cuando hace mal tiempo, ¿cómo te diviertes?

13.08 Escucha el CD

Listen to the CD and write about the pastimes of each person in detail in English.

(a) Sergio: _____
(b) Sofía: _____
(c) Jaime: _____
(d) Irene: _____
(e) Raúl: _____
(f) Penélope: _____

Deberes

1. Read the following television schedule and answer the questions in English on page 158.

Programación de la televisión

Lunes		Sábado	
8:00	Las noticias	8:00	En la cocina
9:00	El tiempo	9:00	Telediario
9:15	Dibujos Animados El Oso Yoghi	10:00	Serie — Dawson Crece
11:00	Serie — Hospital Central	11:00	Dibujos Animados
12:00	En el jardín	12:00	Deportes Natación. Campeonato del mundo
1:00	Cine — El Señor de los Anillos		
3:00	Telenovela		
4:00	Serie — Buffy – caza vampiros	4:00	Partido del día
5:00	Telediario		
6:00	Concurso	6:00	Golf
7:00	Cine — Un amor de verano		
9:00	Noticias	8:00	Telenovela
9:30	Deportes Fútbol Baloncesto	9:00	Cine — El Boxeador

ciento cincuenta y siete

PRIMER PASO

(a) This is the schedule for which two days?
   (i) _____ (ii) _____

(b) What can you watch at 9:15 on the first day? _____

(c) At what time on the first day can you watch a programme about gardening? _____

(d) What two sports can you watch on the first day?
   (i) _____ (ii) _____

(e) At what time is there news on the second day? _____

(f) What two sports can you watch on the second day?
   (i) _____ (ii) _____

(g) At what time can you watch a film on the second day? _____

2. ¿Cómo se dice en español? How do you say the following in Spanish?
   (a) My brother plays football on Saturday afternoons.

   (b) Do you like chess?

   (c) Our sister plays the piano.

   (d) We spend a lot of time reading novels.

   (e) I do not like cycling, I find it boring.

   (f) Do you like playing cards?

   (g) My favourite activity is swimming.

   (h) His sister really likes going to the bowling alley.

   (i) My brother is not interested in fashion.

   (j) Do you like films?

3. Relaciona las dos listas para hacer frases. Match up the lists below to make up sensible sentences.

1. Llevo un chándal	(a) cuando nieva.	1.
2. Suelo llevar un traje de baño	(b) en el verano.	2.
3. Llevo vaqueros	(c) para ir al polideportivo.	3.
4. Me pongo el uniforme	(d) cuando voy a la discoteca.	4.
5. Llevo una bufanda y unos guantes	(e) cuando hace frío.	5.
6. Llevo botas	(f) para ir al colegio.	6.
7. Suelo llevar un impermeable	(g) cuando estoy en la playa.	7.
8. Me pongo mis zapatos deportivos	(h) cuando hace viento.	8.
9. Llevo mi abrigo	(i) cuando llueve.	9.
10. Suelo llevar un pantalón corto y una camiseta	(j) cuando hago deporte.	10.

4. Relaciona los verbos con las actividades. Match up the following verbs and activities.

1. tocar	(a) la música	1.
2. leer	(b) de compras	2.
3. ir	(c) con amigos	3.
4. charlar	(d) el piano	4.
5. ver	(e) revistas	5.
6. jugar	(f) pesas	6.
7. hacer	(g) al ajedrez	7.
8. escuchar	(h) una película	8.

5. In your copybook, write a letter to your pen-pal saying what sports you like and what pastimes you have.

ciento cincuenta y nueve

PRIMER PASO

Te toca a ti... ¿Qué sabes sobre España y el mundo hispánico?

1. What would you buy in a '**zapatería**'?
   _____

2. Where do '**madrileños**' come from?
   _____

3. With which Spanish city do you associate '**El Greco**'?
   _____

4. Why would you need to go to the '**oficina de objetos perdidos**'?
   _____

5. At what time do bullfights usually start?
   _____

6. What is '**la Sardana**'?

   (a) a dance ☐   (b) a fish ☐   (c) an item of clothing ☐

7. What is the **A.B.C**?
   _____

8. In which South American country do they speak '**Mapuche**'?

   (a) Cuba ☐   (b) Argentina ☐   (c) Chile ☐

9. Who works in a '**comisaría**'?
   _____

10. When would you say '**encantado/a**' to a Spanish person?
    _____

160 ciento sesenta

Glosario

A

a	to
abajo	downstairs
abecedario (m)	alphabet
abogado/a (m/f)	solicitor
abrazo (m)	hug/love
abrigo (m)	coat
abril	April
abuela (f)	grandmother
abuelo (m)	grandfather
abuelos	grandparents
aburrido/a	bored
aceitunas (f)	olives
acostarse (ue)	to go to bed
adecuado/a	suitable
además	besides
adiós	goodbye
adjetivo (m)	adjective
adivinar	to guess
aduana (f)	customs
aeróbic (m)	aerobic
a eso de…	at about…
afeitarse	to shave
afueras (f)	outskirts
agosto	August
agua (f)	water
ajedrez (m)	chess
albóndigas (f)	meatballs
aldea (f)	village
alemán/a	German
algunas veces	sometimes
allí	there
almuerzo (m)	lunch
alto/a	tall
ama de casa (f)	housewife
amarillo/a	yellow
amigo/a por correspondencia	pen-pal
amor (m)	love
andar	to walk
anillo (m)	ring
animal (m)	animal
antipático/a	unpleasant
apasionante	exciting
apellido (m)	surname
aprender	to learn
árbol (m)	tree
argentino/a	Argentinian
armario (m)	wardrobe
arriba	upstairs/above
ascensor (m)	lift
aseo (m)	toilet
atletismo (m)	athletics
a veces	sometimes
avenida (f)	avenue
autobús (m)	bus
ayuntamiento (m)	town hall
azul	blue

B

bailar	to dance
bajo/a	low/short
balcón (m)	balcony
baloncesto (m)	basketball
bandera (f)	flag
baño (m)	bath
barrio (m)	area
bastante	fairly
batería (f)	drums
beber	to drink
belga	Belgian
bien	well
blanco/a	white
blusa (f)	blouse
bocadillo (m)	sandwich
bolera (m)	bowling alley
bombero (m)	fireman
botas (f)	boots
boxeador (m)	boxer
buenas noches	good night
buenas tardes	good afternoon
bueno	good

ciento sesenta y uno 161

PRIMER PASO

buenos días	good day
bufanda (m)	scarf
butaca (f)	armchair

C

caballo (m)	horse
cada	each
café con leche (m)	white coffee
café solo (m)	black coffee
cafetería (f)	canteen
calcetines (m)	socks
calle (f)	street
calor (m)	heat
cama (f)	bed
camisa (f)	shirt
camiseta (f)	tee-shirt
campeonato (m)	championship
campo (m)	country
cansado/a	tired
cantar	to sing
capital (f)	capital
cara (f)	face
carbón (m)	coal
carne (f)	meat
carta (f)	letter
cartas (f)	cards
caro/a	expensive
casa (f)	house
castaño/a	chestnut brown
castellano	Spanish
caza (f)	hunting/hunt
cazadora (f)	jacket
CD (m)	CD
cenar	to dine
central	central
centro	centre
centro comercial (m)	shopping centre
cerca de	near
cereales (m)	cereal
cerrar	to close
chándal (m)	tracksuit
charlar	to chat
chaqueta (f)	jacket
chaval (m)	boy
chavala (m)	girl
chica (f)	girl
chico (m)	boy
chileno/a	Chilean
chocolate (m)	chocolate
chorizo (m)	sausage
churros con…	fritters with…
ciclismo (m)	cycling
cielo (m)	sky
cine (m)	cinema
cincuenta	fifty
ciudad (f)	city
clarinete (m)	clarinet
clase (f)	class
cocina (f)	kitchen
cocina eléctrica (f)	cooker
coger	to catch
colegio (m)	school
colombiano/a	Colombian
color (m)	colour
comedor (m)	dining room
comer	to eat
comercial	commercial
comisaría (f)	police station
como	as
¿cómo?	how
compañera (f)	companion/friend
compañero (m)	companion/friend
completar	to complete
comprar	to buy
(ir de) compras (f)	(to go) shopping
con	with
concurso (m)	competition
condado (m)	county
conejo (m)	rabbit
contento/a	happy
contestar	to answer
corbata (f)	tie
correcto/a	correct
cortinas (f)	curtains
costar	to cost
crucigrama (m)	crossword
cuadro (m)	picture
¿cuál?	what/which?
cuando	when
¿cuándo?	when?
¿cuántos/as?	how many?
cuarenta	forty
cuatro	four
cuarto de baño (m)	bathroom

cuarto de huéspedes (m)	guest room		empezar (ie)	to begin
cubierto/a	covered/cloudy		empleado (m)	employee
culebrón (m)	soap opera		empleo (m)	job
cumpleaños (m)	birthday		en	in
			encantado/a	pleased to meet you
			encantar	to like a lot

D

de	from/of
debajo de	under
deberes (m)	homework
delgado/a	thin
deportes (m)	sports
deportista	sporty
describir	to describe
despacho (m)	office
despejado	clear sky
despertarse (ie)	to wake up
después	afterwards
después de	after
desván (m)	attic
detestar	to hate
de vez en cuando	from time to time
día (m)	day
diálogo (m)	conversation
dibujo	drawing
dibujos animados (m)	cartoons
diciembre	December
difícil	difficult
discoteca (f)	disco
divertido/a	funny
divertirse (ie)	to enjoy oneself
domingo	Sunday
donde	where
¿dónde?	where?
dormir (ue)	to sleep
dormitorio (m)	bedroom
dos	two
ducha (f)	shower
ducharse	to have a shower
durante	during
durar	to last
DVD (m)	DVD

encontrar (ue)	to meet/find
enero	January
enfadado/a	angry
enfermo/a	sick
en general	in general
en punto	exactly
ensalada (f)	salad
entonces	then
entre	between
equipaje (m)	luggage
esposa (f)	wife
esposo (m)	husband
equitación (f)	horse riding
escalera (f)	stairs
escribir	to write
escocés/esa	Scottish
escuchar	to listen to
español (m)	Spanish
español/a	Spanish
especialidad (f)	speciality
esperar	to hope
esquí (m)	skiing
esquiar	to ski
estación (f)	season
estanco (m)	tobacconist
estante (m)	shelf
estantería (f)	set of shelves
esta	this
estadounidense	American
estar	to be
estar de moda	to be in fashion
este (m)	east
este	this
estudiar	to study
estupendo/a	marvellous
examen (m)	exam
excursión (f)	trip
expresión (f)	expression

E

ejercicio (m)	exercise
el	the
él	he
ellos/as	they

PRIMER PASO

F

fácil	easy
falda (f)	skirt
familia (f)	family
fantástico/a	fantastic
fatal	awful
favorito/a	favourite
febrero	February
fecha (f)	date
feliz	happy
feo/a	ugly
fiesta (f)	party/festival
flor (f)	flower
forma (f)	form
francés (m)	French
francés/esa	French
frase (f)	sentence
frigo (m)	fridge
frío/a	cold
frito (m)	fried
fruta (f)	fruit
fútbol (m)	football

G

galés/esa	Welsh
gallego/a	Galician
gato (g)	cat
gazpacho (m)	type of cold soup
gemelos/as	twins
gimnasio (m)	gym
golf (m)	golf
gordo/a	fat
gracias	thank you
grande	big
grifo (m)	tap
gris	grey
guantes (m)	gloves
guapo/a	handsome
Guardia Civil (m)	Police
guitarra (f)	guitar
gustar	to like

H

hablar	to speak
habitación (f)	bedroom
hacer	to do
hace buen tiempo	the weather is good
hace calor	it is warm
hace frío	it is cold
hace mal tiempo	the weather is bad
hace sol	it is sunny
hace viento	it is windy
hacer deporte	to do sport
hacer las compras	to do the shopping
hacer una excursión	to go on a trip
hambre (f)	hunger
hamburguesa (f)	hamburger
hasta	until
hasta luego	see you later
hay	there is/there are
helado (m)	ice cream
hermana (f)	sister
hermano (m)	brother
hermoso/a	handsome/beautiful
hierba (f)	grass
hija (f)	daughter
hijo (m)	son
hijos	children
histórico/a	historic
hispánico/a	Hispanic
hockey (m)	hockey
hola	hello
holandés/esa	Dutch
hombre (m)	man
hospital (m)	hospital
hoy	today
huevo (m)	egg

I

iglesia (f)	church
impermeable (m)	raincoat
inglés (m)	English
inglés/inglesa	English
instituto (m)	school
inteligente	intelligent
interesante	interesting
interesar	to be interested in
invierno (m)	winter
ir	to go
ir a pie	to walk
irlandés/esa	Irish
italiano/a	Italian

Glosario

jamón (m)	ham	marrón	brown
jamón serrano (m)	cured ham	martes	Tuesday
japonés/esa	Japanese	marzo	March
jardín (m)	garden	más	more
jueves	Thursday	mascota (f)	pet
jugar (ue)	to play	matador (m)	matador
julio	July	mayo	May
junio	June	mayor	older
		mecánico (m)	mechanic
		medianoche (f)	midnight

J
L

la	the	médico/a	doctor
lado (m)	side	mediodía (m)	midday
lámpara (f)	lamp	menor	younger
las	the	menos	less
lavabo (m)	wash basin/toilet	mermelada (f)	jam
lavadero (m)	laundry	mermelada de naranja	marmalade
lavarse	to wash oneself	mesa (f)	table
leche (f)	milk	mesa de noche (f)	bedside table
lectura (f)	reading	mesilla (f)	little table
leer	to read	mi	my
legumbres (f)	vegetables (pulse)	miedo (m)	fear
levantarse	to get up	miércoles	Wednesday
libro (m)	book	mirar	to look at
limonada (f)	lemonade	moda (f)	fashion
lindo/a	pretty	monumento (m)	monument
llamarse	to be called	moreno/a	brown/dark skinned
llegar	to arrive	muchacha (f)	girl
llevar (ie)	to wear/carry	muchacho (m)	boy
llover (ie)	to rain	mucho	a lot
loco/a	crazy	mujer (f)	woman/wife
los	the	mundo (m)	world
lugar (m)	place	música (f)	music
lunes	Monday		

M
N

		nadar	to swim
madre (f)	mother	naranja (f)	orange
madrileño/a	person from Madrid	naranja	orange
mal	badly	natación (f)	swimming
malagueño/a	person from Malaga	navidad (f)	Christmas
maleta (f)	suitcase	negativo/a	negative
malo/a	bad	negro/a	black
mañana (f)	morning	nevar (ie)	to snow
mano (f)	hand	nevera (f)	fridge
mantequilla (f)	butter	niebla (f)	fog
mar (m/f)	sea	nieve (f)	snow
mariscos (m)	sea food	niña (f)	girl
		niño (m)	boy

ciento sesenta y cinco 165

PRIMER PASO

noche (f)	night
nombre (m)	name
norte (m)	north
noruego/a	Norwegian
nosotros/as	we
noticias (f)	news
novela (f)	novel
noventa	ninety
noviembre	November
nube (f)	cloud
nublado	cloudy
nuestro/a	our
número (m)	number
nunca	never

O

o	or
objeto (m)	object
ochenta	eighty
ocho	eight
octubre	October
odiar	to hate
oeste (m)	west
oficina (m)	office
ordenador (m)	computer
oso (m)	bear
otoño (m)	autumn
otra vez	again
otro/a	another

P

padre (m)	father
padres	parents
paella (f)	paella
página (f)	page
país (m)	country
pájaro (m)	bird
palabra (f)	word
palacio (m)	palace
pan (m)	bread
pantalón (m)	trousers
para	for
pared (f)	wall
paréntesis (m)	brackets
parque (m)	park
partido (m)	game
pasar	to spend (time)

pasatiempos (m)	pastimes
pasillo (m)	corridor
pasta (f)	pasta
patata (f)	potato
patatas fritas (f)	chips
patinar	to skate
peaje (m)	toll
película (f)	film
pelirrojo/a	red haired
pelota (f)	ball
pensar (ie)	to think/intend
pepino (m)	cucumber
perdido/a	lost
perezoso/a	lazy
periodista (m/f)	reporter/journalist
perro (m)	dog
persona (f)	person
peruano/a	Peruvian
pescado (m)	fish (dead)
pescar	to fish
pesa (f)	weight
pez (m)	fish (alive)
piano (m)	piano
pimiento (m)	pepper
ping-pong (m)	table tennis
piscina (f)	swimming pool
piso (m)	apartment/floor
pista (f)	court (tennis)
planta baja (f)	ground floor
playa (f)	beach
plaza (f)	square
poder	to be able
policía (m/f)	police
polideportivo (m)	sports centre
pollo (m)	chicken
poner	to put
ponerse	to become
porque	because
¿por qué?	why?
postre (m)	dessert
practicar	to practise
preferido/a	favourite
preferir (ie)	to prefer
pregunta (f)	question
preguntar	to ask a question
prima (f)	cousin

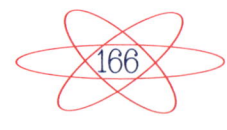

Glosario

primavera (f)	spring
primera planta (f)	first floor
primero/a	first
primo (m)	cousin
profesión (f)	job
profesor/a (m/f)	teacher
pronóstico (m)	forecast
pronto	soon
próximo/a	next
pueblo (m)	town
puerta (f)	door
puerta principal	front door

Q

que	that
¿qué?	what?
quedar	to stay/remain
queso (m)	cheese
¿qué tal?	how are you?
¿qué hora es?	what time is it?

R

ratón (m)	mouse
ratos libres (m)	free time
real	royal
recepcionista (m/f)	receptionist
recreo (m)	break
recibir	to receive
reclamaciones (f)	complaints
recogida (f)	collection
regresar	to return
regular	ordinary
relacionar	to match up
relajarse	to relax
repetir	to repeat
restaurante (m)	restaurant
revista (f)	magazine
rey (m)	king
rojo/a	red
rosa (f)	rose
rosa	pink
rubio/a	fair haired
rugby (m)	rugby
ruso/a	Russian

S

sábado	Saturday
saber	to know (about something)
sala de estar (f)	living room
salchicha (f)	sausage
salir	to go out
salón (m)	sitting room
saludos	best wishes
sandalias (f)	sandals
sangría (f)	sangria
sano/a	healthy
santo/a	saint
santo (m)	saint's day
secretario/a (m/f)	secretary
segunda planta (f)	second floor
segundo/a	second
seis	six
semana (f)	week
señor (m)	Mr.
Señor (m)	Lord
señora	Mrs.
septiembre	September
serie (f)	series
sesenta	sixty
setenta	seventy
siempre	always
siete	seven
siguiente	following
silla (f)	chair
simpático/a	nice
sobre	on
sofá (m)	sofa
soler (ue)	to usually do
sombra (f)	shade
sótano (m)	basement
su	his/her/their
suelo (m)	floor
suizo/a	Swiss
sur (m)	south

T

también	also
tapas (f)	snacks
tarde (f)	afternoon
tarde	late

ciento sesenta y siete 167

PRIMER PASO

teatro (m)	theatre	único	only
techo (m)	ceiling	unidad (f)	unit
tejado (m)	roof	uniforme (m)	uniform
telediario (m)	news	usted	you (sing)
teléfono (m)	telephone	ustedes	you (plural)
telenovela (f)	soap opera	usualmente	usually
televisión (f)	television	utilizar	to use
televisor (m)	television set	uva (f)	grape
tener	to have		
tener calor	to be warm	**V**	
tener frío	to be cold	vaca (f)	cow
tener hambre	to be hungry	vacaciones (f)	holidays
tener miedo	to be afraid	vampiro (m)	vampire
tener que	to have to	vaqueros (m)	jeans
tener razón	to be right	vasco/a	Basque
tener sed	to be thirsty	veinte	twenty
tenis (m)	tennis	vender	to sell
terraza (f)	terrace/balcony	ver	to see
tía (f)	aunt	verano (m)	summer
tiempo (m)	weather	verbo (m)	verb
tienda (f)	shop	verde	green
tímido/a	shy	vestido (m)	dress
tinto/a	red	vida (f)	life
tío (m)	uncle	videojuegos (m)	videogames
tocador (m)	dressing table	vídeos (m)	videos
todo	all	viernes	Friday
tomar	to take	violeta	violet
tomate (m)	tomato	vista (f)	sight
tonto/a	silly	vivir	to live
tormenta (f)	storm	voleibol (m)	volleyball
toro (m)	bull	volver (ue)	to return
tortilla española (f)	Spanish omelette	vosotros/as	you
tortuga (f)	tortoise	vuestro/a	your
trabajador/a	hard working		
trabajar	to work	**Y**	
traje (m)	suit	y	and
traje de baño (m)	swim suit	yo	I
treinta	thirty		
triste	sad	**Z**	
tu	your	zapatería (f)	shoe shop
tú	you	zapatillas de deporte (f)	runners
		zapatos (m)	shoes
U		zapatos deportivos (m)	sports shoes
un	a/one	zumo (m)	juice
una	a/one		
uno	one		

Los verbos

Los verbos regulares - regular verbs

hablar - to speak

hablo	I speak
hablas	you speak
habla	he/she speaks
hablamos	we speak
habláis	you speak
hablan	they speak

aprender - to learn

aprendo	I learn
aprendes	you learn
aprende	he/she learns
aprendemos	we learn
aprendéis	you learn
aprenden	they learn

vivir - to live

vivo	I live
vives	you live
vive	he/she lives
vivimos	we live
vivís	you live
viven	they live

Los verbos irregulares - irregular verbs

cerrar - to close

cierro	I close
cierras	you close
cierra	he/she closes
cerramos	we close
cerráis	you close
cierran	they close

coger - to catch

cojo	I catch
coges	you catch
coge	he/she catches
cogemos	we catch
cogéis	you catch
cogen	they catch

dormir - to sleep

duermo	I sleep
duermes	you sleep
duerme	he/she sleeps
dormimos	we sleep
dormís	you sleep
duermen	they sleep

empezar - to begin

empiezo	I begin
empiezas	you begin
empieza	he/she begins
empezamos	we begin
empezáis	you begin
empiezan	they begin

estar - to be

estoy	I am
estás	you are
está	he/she is
estamos	we are
estáis	you are
están	they are

hacer - to do/to make

hago	I do/make
haces	you do/make
hace	he/she does/makes
hacemos	we do/make
hacéis	you do/make
hacen	they do/make

ciento sesenta y nueve

PRIMER PASO

ir - to go

voy	I go
vas	you go
va	he/she goes
vamos	we go
vais	you go
van	they go

jugar - to play

juego	I play
juegas	you play
juega	he/she plays
jugamos	we play
jugáis	you play
juegan	they play

pensar - to think

pienso	I think
piensas	you think
piensa	he/she thinks
pensamos	we think
pensáis	you think
piensan	they think

poder - to be able

puedo	I am able
puedes	you are able
puede	he/she is able
podemos	we are able
podéis	you are able
pueden	they are able

poner - to put

pongo	I put
pones	you put
pone	he/she puts
ponemos	we put
ponéis	you put
ponen	they put

querer - to wish/want

quiero	I wish/want
quieres	you wish/want
quiere	he/she wishes/wants
queremos	we wish/want
queréis	you wish/want
quieren	they wish/want

saber - to know

sé	I know
sabes	you know
sabe	he/she knows
sabemos	we know
sabéis	you know
saben	they know

salir - to go out

salgo	I go out
sales	you go out
sale	he/she goes out
salimos	we go out
salís	you go out
salen	they go out

ser - to be

soy	I am
eres	you are
es	he/she is
somos	we are
sois	you are
son	they are

soler - to usually do...

suelo	I usually...
sueles	you usually...
suele	he/she usually...
solemos	we usually...
soléis	they usually...
suelen	they usually...

tener - to have

tengo	I have
tienes	you have
tiene	he/she has
tenemos	we have
tenéis	you have
tienen	they have

volver - to return

vuelvo	I return
vuelves	you return
vuelve	he/she returns
volvemos	we return
volvéis	you return
vuelven	they return